JN129121

時代を駆けるII

吉田得子日記 戦後編 1946-1974

女性の日記から学ぶ会 編

島利栄子・西村榮雄 編集責任

MIZUNOWA SHUPPAN

はじめに

島 利栄子

「吉田得子日記」との出会い

「現存する庶民の日記などの情報を集め、保存し、活用しながら次代に譲り渡す女性文化のあり様を探したい」を活動目的に「女性の日記から学ぶ会」ができたのは、平成八年（一九九六）のことだった。珍しい活動だと全国紙等で紹介されたが、その記事を見て、ご長男の吉田堅（かたし）さんから「母・吉田得子の日記を寄贈したい」との申し出があり、段ボール一箱の日記と様々な資料が届けられた。

この段階での寄贈は、日記以外の俸給ノート、家計簿、旅行記なども加えて五十六冊だった。最初の一冊は明治四十一年（一九〇八）。以来、明治・大正・昭和と続き、昭和三十六年（一九六一）以後しばらく欠落し、最後の一冊は、得子が亡くなった昭和四十九年（一九七四）の日記だった。

堅さんによると、昭和三十七年以降は、彼が送った貯蓄増強中央委員会発行の家計簿を使った。日記欄の記述が少なくなったし、大型で保管も大変なので処分した。得子死去の年のみ残したということであった。

その後、堅さんが住居を変えられたとき、ある時期だけの記録ノートや手紙などが追加寄贈された。さらに平成十九年に会員で岡山県邑久町（現・瀬戸内市）の得子生家である正富家を訪れた際に仏壇の下の引き出しにあったという二冊も寄贈いただいた。得子生家で発見された日記は一冊が明治四十年のもので、まさに最初の一冊であり、またもう一冊は欠落していた昭和九年を埋めるものであった。この時期になってなぜこの二冊が仏壇下に残されていたか、ここにも不思議な浪漫がかき立てられたが、こうして得子日記は全六十二冊（＋手紙二通）が揃ったことになる。

筆者の得子は岡山県邑久町で生まれここで一生を終えた。明治二十四年（一八九一）に生まれ亡くなる昭和四十九年（一九七四）まで、まさに明治・大正・昭和の三代を書き綴った。多くは手のひらサイズの懐中日記で見開きに四日分。一日の字数はおおよそ二百字足らずであるが、手際よく一日のことを記録している。明治期は墨書きで流麗な筆文字が美しい。大正期は仕事、家庭、社会への旺盛な行動力が一日の枠からはみ出すほどの勢いを持って書かれている。そして昭和期には仕事に中心が置かれたやや落ち着いた書きぶりに変わっている。当然ながら戦争の中での女性の役割も見てとれる。

筆者の得子は西大寺高等女学校を卒業後、教師になった。その後結婚し一子を産み育てながら教職を続けるも昭和四年退職。同じく教師を退職した夫とともに当時はやり始めていたラジオ販売の仕事を始める。昭和という時代はラジオと共にあったというが、まさに商売繁盛で得子も地域のリーダー的存在になっていく。そして終戦を迎え、婦人会長、村会議員となり、戦後の女性の社会進出の先頭に立つ。

「女性の日記から学ぶ会」での取り組み

私たちは、この明治・大正・昭和を生き抜いた女性一代のみごとな日記に魅せられ、じきに「得子日記研究班」を発足させた。「まず読んでみよう。そして原稿用紙に書き写していこう」と基本方針を決めた。原稿用紙としたのは、いつか出版の時に役立つだろうとの思いからだった。はじめからただならぬ日記であるとの予感を持ったのである。一日の分量が少ないから案外早く終わるかもしれないと思ったのはとんだ間違いだった。流麗な続け字は戦後教育をうけた者には読むのが難しかった。

日記は他人に読ませるために書かれていない。人名・地名はもとより、前後関係の説明などは一切ないので、文字づらを読んでいただけでは何のことやらさっぱり分からない。「日記を読む」難しさや面白さは、想像を働かせながら行間を推理するところにもある。お互いに意見を言い合いながら、その当時使われていた言葉や古い地名・人名を調べるために図書館に通い、古地図、電話帳にあたった。堅さんにお話を伺ったり、日記の舞台・岡山県邑久町を訪問したりもした。わくわくしながら一歩一歩「得子の生きた世界」に近づく作業だった。その成果は会活動の中でのわいわい日記塾、日記展、また会報「日記ろまん」で何度も発表され、会員の共有財産になっていった。

出版のいきさつ

平成二十二年、ようやく明治四十年から昭和二十年までの解読が終わり、気付くといつしか十三年の歳月がたっていた。班員の高齢化の波がひたひたと押し寄せていることを実感し、背を押される思いがした。

出版しようと決心した。いままで多くの手を通して書き写した日記を、それぞれ分担を決めて読み進めそこから面白い記述を選びだしていく。それを入力して活字化する。膨大な日記からチョイスした日付の頭に見出しをつけ、日記見開き頁に実寸大の写真を入れて、日記を少しでも体感できるよう、読みやすいよう工夫を施した。これで一年半がかかってしまったが、読みながらチーム全員が「得子日記に恋して」しまった。この稀有な日記を活字化し後世に残せる幸せを実感して夢中になった。

出版は「みずのわ出版」柳原一徳氏にお願いすることにした。後世への正しい譲りに情熱を燃やす若い社長は、快く引き受けてくれた。さて、出版費用はどうする？　そこで思いついたのが、「出版協力のお願い」である。心ある方々から協力金を募って出版するという形である。何と四百四十人の方から協力金を提供して頂くことができた。

平成二十四年六月、満を持してチャレンジした一冊『時代を駆ける　吉田得子日記1907-1945』が、とうとう世に出たのである。

『時代を駆ける　吉田得子日記1907-1945』出版と出版後の動き

苦労の甲斐があり、出版は好評で多くのマスコミにも取りあげられ、高価なものであったがじきに完売となった。思い掛けないうれしい悲鳴であった。

なかでもうれしかったのが、平成二十四年六月末、得子の故郷邑久町への「お里帰り日記講演・日記展」のお招きである。会から得子日記班の面々を始め、地元関西の会員も駆けつけて大変に賑やかな催しとなった。地元の古老から得子の思い出話が聞かれたり、日記に書かれた内容へ地元ならではのコメントが寄せられたり、ご親族の喜びはもとより、携わった会員も「苦労して良かった」と実感を持つことができたのである。

そんな交流の一コマとして「生前の得子さんを良く知る方から戦後編もいつか読ませてほしいとの強い希望が出た」と得子日記班の高﨑明子さんから報告を受けた。高﨑さんはその情熱に動かされて「できるだけ頑張ってみましょう」とお返事を返したのだという。

高﨑さんはこの約束を忘れず戦後日記を少しずつ翻刻していった。ときどき報告は受けていたが、平成二十九年春、高﨑さんから「ようやく終わりました。見てください」と二十枚ほどのペーパーを頂いたのである。「昭和二十一年から四十九年」とある。全翻刻ではなく、記述のハイライトを箇条書きにしたメモといってもよいものであった。五年がかかっていた。

得子日記戦後編は、一日の記述が少なく、字も走り書きのようなもので、内容も戦前編に比べれば少し物足りない。高﨑さんはそれに一人で向き合ってコツコツと作業してくれたのである。

さっそく息子の吉田堅さん、甥の正富瑞圃さん、姪の浜岡香苗さんにそのコピーをお送りした。思いのほかの喜びの声が届けられた。堅さんからは次のようなメールを頂いた。「母・得子は無類の記録魔でした。日記の他にも俳句や和歌、川柳、家計簿、旅の日記、さまざまな記録が残されていました。母が亡くなった時に家中様々な記録やスクラップなどがあふれていました。得子の弟が中心になって処分してくれましたが、日記帳は私が持ち帰りました。何か社会の役に立つかもしれないと思ったからです。二十一年も前、創立したばかりの貴会にそれを寄贈しその結果を戦前編として一冊にまとめて頂きこんな幸せなことはないと感謝していました。それが今度は戦後の日記まで読んで頂き、感激です、うれしいです。この度メモを頂き、忘れていたことをいろいろ思い出しました。思い出すままにコメントを付けてみました。暑いさなかであり、妻の介護をしていてはかどらないので、しばらく時間をください」と書かれていた。九十六歳の堅さんの身辺も想像でき、心をゆすぶられた。それから三回にわたり、Ａ４用紙十枚もの思い出を書き送ってくださったのだ。昔のことをよく覚えていてくださることにも感嘆した。

甥の妻・正富道子さんからは「夫と結婚する前のことです。開店のことを叔母の日記から鮮やかに思い出して感謝しています」と丁重な手紙が届いた。姪の香苗さんは「生前の叔母にあったようでうれしい」といい、その後に「簡単なものでいいから本のようなものを作ってくださいませんか」と率直に、熱く話された。

はじめは私も、戦前編の出版までの苦労と永い歳月を知っているから、「とても出版などできるものではない」と現在の自分や班員の馬力を思って「出版はむずかしい」と決めていた。

ところがそんなクールな私たちを呼び覚ましたのが、堅さんである。「私は九十六歳の現在になり終活を始めました。得子の写真や文章などまだまだたくさん手元にありますが手放したいと思います。受取ってください」、そんなメールが来てから少しずつ小包が手元に届くようになったのである。中からは懐かしい得子の写真、夫を亡くした時の日記や、孫の記述、晩年の気ままな一人暮らしの様々なメモなどがあった。記録好きの得子を偲ぶとともに、息子の母への思いに強く揺さぶられた。これらを繋ぎ合わせて、何とかして得子の、いや一人の日本女性の戦後史を浮かびあがらせる方法はないだろうかと、頭がくるくると動き出した。

版元は「戦前編と同じ出版社さんで」という親族の願いから戦前編の版元である「みずのわ出版さん」にお願いした。的確なアドバイスと濃やかな編集を頂き感謝している。戦前編のイメージを彷彿させる装幀・造本のおかげで、一代記としての体裁を作ることができた。

特に堅さんには奥様を介護し亡くされたなかで資金面や原稿チェックなど熱心なご協力を頂いたこと、心より感謝している。吉田得子さんも草葉の陰で、この出版を喜んでくださるに違いない。

戦前編と合わせて、明治・大正・昭和と三代を生き抜いた女性の一代記として、できれば併せて読んで頂ければと思う。

そしていつも活動を支えてくださる全国二百四十人の会員さんにお礼を申しあげたい。

時代を駆けるⅡ　吉田得子日記戦後編1946-1974◉目次

はじめに　島利栄子 ― 1
編集にあたって ― 15
吉田関係・家系図 ― 17
吉田得子日記の里 岡山県邑久郡邑久町（現・瀬戸内市）地図 ― 18
吉田得子日記関係年表 ― 20

吉田得子日記　1946-1974

昭和21年（1946） ― 31
1月1日―新年祝／2月12日―進駐軍へ勤労奉仕／2月13日―食用油の配給／2月19日―山口正徳さん戦病死の電話／2月20日―中隊長よりの手紙／2月24日―婦人会結成会／3月2日―新円切り換え／3月30日―初孫芙美子生まれる／4月17日―瑞圃、中学校に入学／12月31日―歳末所感

昭和22年（1947） ― 33
4月25日―村会議員へ出馬要請／4月26日―立候補の届出／5月1日―村会議員に当選／5月9日―初村会に出席／6月

2日―母上を見舞に／6月4日―母上物言わぬ様になる／6月5日―母上危険状態／6月6日―母上呼吸切れる／6月7日―葬儀／6月8日―墓参／12月31日―歳末所感

昭和23年（1948） 36
3月6日―婦人会／4月9日―村議会／6月6日―母の一周忌／9月25日―婦人会長会議／12月22日―堅、のど自慢で三等／12月23日―A級戦犯絞首刑／12月31日―歳末所感

昭和24年（1949） 37
5月17日―テレビを見る／12月29日―二人目の孫千恵子誕生／12月31日―歳末所感

昭和25年（1950） 39
1月10日―芙美子を預かる／1月13日―芙美子を返す／1月21日―芙美子を預かる／2月14日―芙美子帰る／6月25日―朝鮮戦争勃発／12月31日―歳末所感

昭和26年（1951） 40
1月3日―瑞圃店を始める相談に来る／3月31日―村議会／9月5日―サンフランシスコ講和会議始まる／9月18日―堅日銀本店へ栄転きまる／11月11日―ヘリコプターを見る／12月31日―歳末所感

昭和27年（1952） 42
2月6日―英国王ジョージ6世逝く／2月25日―町村合併／3月26日―風呂敷注文／4月1日―開庁式に行く／4月23日―婦人会長会議／5月18日―瑞圃の卒業証書／5月23日―上京／5月24日―堅宅に着く／5月25日―多摩御陵・高尾山公

園／5月26日―東京見物／5月27日―堅等三人日光へ／5月28日―デパートまわり／5月29日―新宿御苑へ／5月30日―留守番／5月31日―帰途につく／11月28日―池田通産相不信任決議／12月14日―順宮様と並んで写真／12月31日―歳末所感

昭和28年（1953）――― 46

1月21日―婦人学級開校式／3月14日―開店をすすめる／11月11日―上京／11月12日―巣鴨へ慰問に／11月13日―日劇秋のおどり／11月14日―羽田空港見学／11月15日―留守番／11月16日―堅等帰る／11月17日―歌舞伎座／12月31日―歳末所感

昭和29年（1954）――― 49

2月23日―民生委員の講習／2月24日―会長会議に出席／6月23日―堅に六万円送る／8月23日―未亡人会／12月17日―郡市会長会議／12月31日―歳末所感

昭和30年（1955）――― 51

2月9日―マレンコフ辞職／4月24日―兄上病状悪化／4月25日―兄の葬儀／5月12日―愛生園へ／6月2日―関治と得子上京／6月3日―東京駅着／6月4日―シネラマを見る／6月5日―千恵子発熱／6月6日―小熊秀子さん泊る／6月7日―堅等帰る／6月8日―日劇へ／6月9日―伊香保へ／6月10日―下山／6月11日―帰り支度／6月12日―帰宅／12月31日―歳末所感

＊昭和三十一年（一九五六）の日記は欠落

昭和32年（1957） 55
1月1日―元旦／1月2日―テレビを見に来る／1月3日―婚礼の打合せ／1月5日―レスリングのテレビ見に来る／1月22日―相撲見の客／7月5日―堅転勤／10月18日―国鉄移転家屋の集会／10月23日―堅より電気洗濯機来る／11月6日―国鉄より家屋調査／11月8日―家屋調査／12月31日―歳末所感

昭和33年（1958） 58
1月7日―国鉄被害者集会／3月23日―土地買収／3月24日―堅に端書出す／4月1日―結婚記念日／4月3日―婦人会長辞任／4月14日―家の設計・契約／4月19日―地鎮祭／5月9日―国鉄より土地代金貰う／5月11日―建前／5月20日―家引きの用意／6月10日―家移転開始／6月14日―家移転／6月16日―新住宅完成／7月16日―土地を寄附／11月20日―千鶴さん急死／11月22日―大下の葬儀／11月27日―皇太子婚約発表／12月31日―歳末所感

昭和34年（1959） 61
3月23日―夫体調不良にて一人で旅行に／4月10日―皇太子殿下ご成婚のテレビ見る／4月11日―夫逝去／4月23日―県議選挙／5月13日―孫の土産／5月24日―三十二年会延期／6月11日―月命日／7月11日―月命日／7月30日―紀勢線全通／11月24日―岡山婦人協議会創立十周年記念式

昭和35年（1960） 63
3月18日―墓参／3月19日―剛一の結婚式／3月21日―香苗終業式／4月11日―夫関治の一周忌／4月15日―東京へ／4月16日―熱海・箱根・江の島／4月17日―鎌倉・都内観光／4月18日―奉仕／4月19日―奉仕／4月20日―靖国神社参拝／4月21日―奉仕／4月22日―国際劇場／4月23日―成田山・動物園／4月24日―帰宅／6月7日―堅、運転免許取得／6月16日―安保闘争（樺美智子の死）／9月20日―堅転勤／12月31日―歳末所感

昭和36年（1961） ―― 66
2月3日―一人寝る事になれる／2月23日―表彰の内報／2月25日―表彰式／3月30日―北山氏葬儀／4月7日―道子商売繁昌／4月12日―有人宇宙飛行／6月18日―国鉄レール敷く／7月13日―石佛、店舗改造／9月29日―福岡の堅の家へ／9月30日―休養／10月1日―運動会／10月2日―長崎へ／10月3日―九十九島／10月4日―太宰府／12月31日―歳末所感

昭和37年（1962） ―― 70
9月1日―赤穂線開通

昭和39年（1964） ―― 71
1月12日～14日―農協信連バス旅行

昭和40年（1965） ―― 72
1月1日―元旦／1月15日―とみや尾張店の創業／1月29日―堅、金沢支店に栄転／4月11日―片山小千代米寿の祝い／4月18日―邑久町公民館落成祝賀会／5月7日―有線放送開始／6月16日―京都より墓参に来る／8月3日～5日―富士登山旅行に出発／10月9日～10日―三朝温泉へ／11月20日―病気になる

昭和41年（1966） ―― 73
2月18日―堅帰る／2月19日―とみやの車で／4月12日―時岡一家移転

解説

ジャケット写真＝中央吉田得子。後列左から芙美子、堅、美玉、千恵子。堅大阪から福岡への赴任途中、岡山県邑久町の実家に立ち寄った際に撮影。昭和三十五年十月。

編集にあたって

・本書は、吉田堅氏旧蔵で、現在「女性の日記から学ぶ会」に所蔵されている吉田得子（一八九一―一九七四）自筆「日記」（一九〇七―一九七四）のうち、昭和二十一年（一九四六）から昭和四十九年（一九七四）までの二十九年分（一部欠本あり）を底本として刊行するものである。

・戦後日記は一日の記述量が少なく、メモ程度である。日記原文はほぼ毎日記述されているが、翻刻は全文ではない。本書収録にあたって編者の判断により掲載日時を選択するとともに小見出しを付した。編者の判断により省略した箇所があるが、（略）などの註記はふっていない。

・小見出しを付していない日時は要点のみの記載である。これは、日記原文の文体を損なわない程度に短縮改変したものである。

・日記原文には句読点のついていないものが多いが、文意により、句読点、カギカッコ等、適宜加えた。

・旧漢字は、原則として現代漢字表記に改めた。但し固有名詞や歴史上重要と思われる名詞等、現代漢字に直すのがふさわしくないと判断した場合は旧漢字のままにした。

・歴史的かなづかいは現代かなづかいに改めず原則として日記原文のまま表記した。そのため、戦後しばらくの間、かなづかいに揺らぎがある。また、拗音・促音は文字を小さくして示したが、繰り返し記号（ゝゞ〳〵〴〵）は原文のまま残した。

・石仏⇅石佛など、記述法に不統一がある場合は、日記原文の表記通りとした。送りがなの用法も同様とした。

・明らかな誤記は編者の判断で修正した。

・難読の文字にはルビを付した。

・判読できない文字は、字数分の□をあてた。

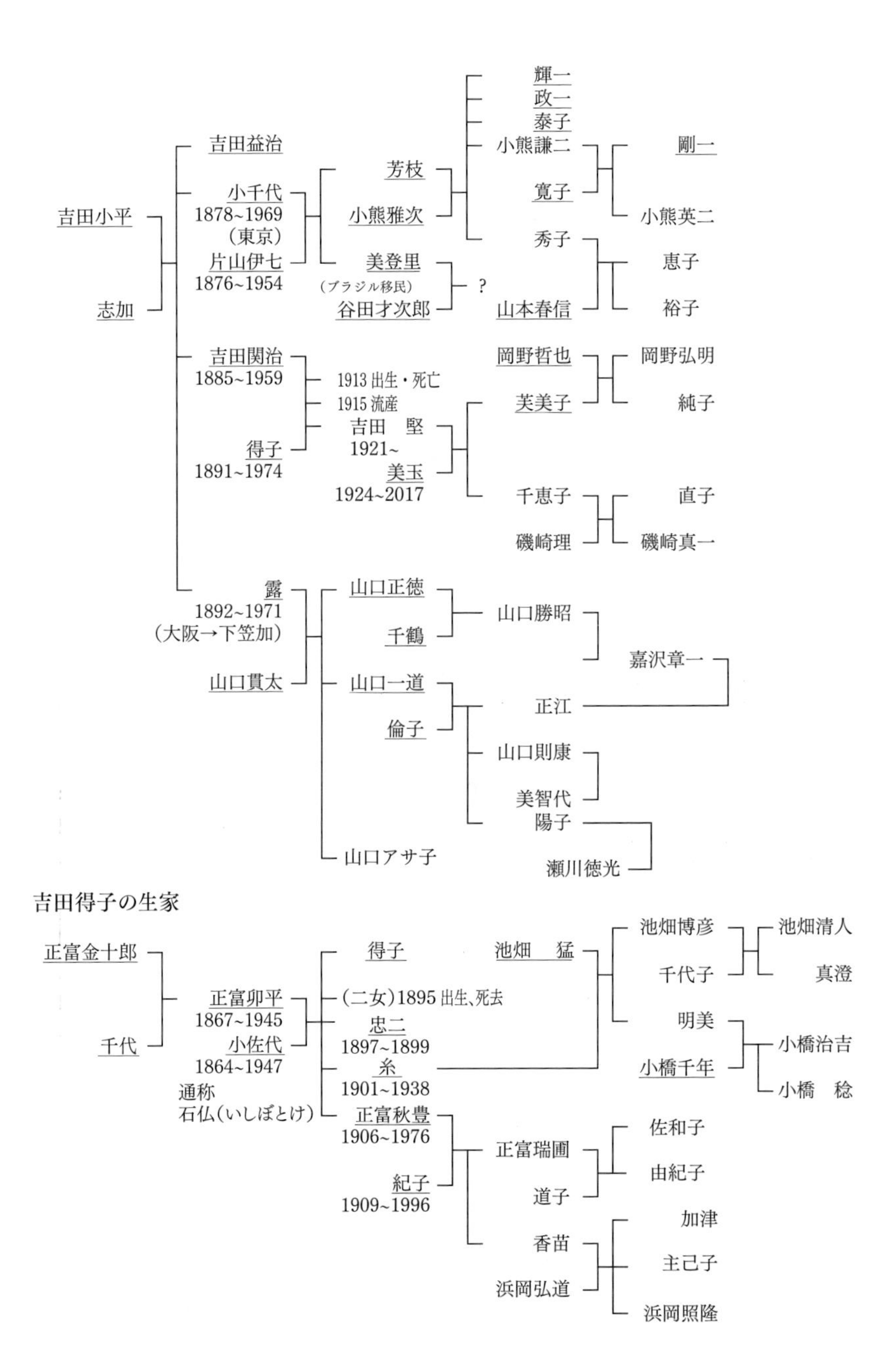

輝一
政一
泰子
吉田益治
小熊謙二
剛一
芳枝
小千代
1878~1969
（東京）
寛子
吉田小平
小熊雅次
小熊英二
片山伊七
1876~1954
秀子
美登里
（ブラジル移民）
?
恵子
志加
谷田才次郎
山本春信
裕子
吉田関治
1885~1959
岡野哲也
岡野弘明
1913 出生・死亡
1915 流産
芙美子
純子
吉田　堅
1921~
得子
1891~1974
美玉
1924~2017
千恵子
直子
磯崎理
磯崎真一
露
1892~1971
（大阪→下笠加）
山口正徳
千鶴
山口勝昭
嘉沢章一
山口貫太
山口一道
倫子
正江
山口則康
美智代
陽子
山口アサ子
瀬川徳光

吉田得子の生家

正富金十郎
得子
池畑　猛
池畑博彦
池畑清人
千代子
真澄
正富卯平
1867~1945
（二女）1895 出生、死去
忠二
1897~1899
明美
千代
小佐代
1864~1947
小橋治吉
糸
1901~1938
小橋千年
通称
石仏（いしぼとけ）
小橋　稔
正富秋豊
1906~1976
佐和子
正富瑞圃
由紀子
紀子
1909~1996
道子
加津
香苗
主己子
浜岡弘道
浜岡照隆

吉田関係・家系図

（主として昭和49年までを記載、下線は物故者　作成＝吉田堅）

吉田総本家
下笠加

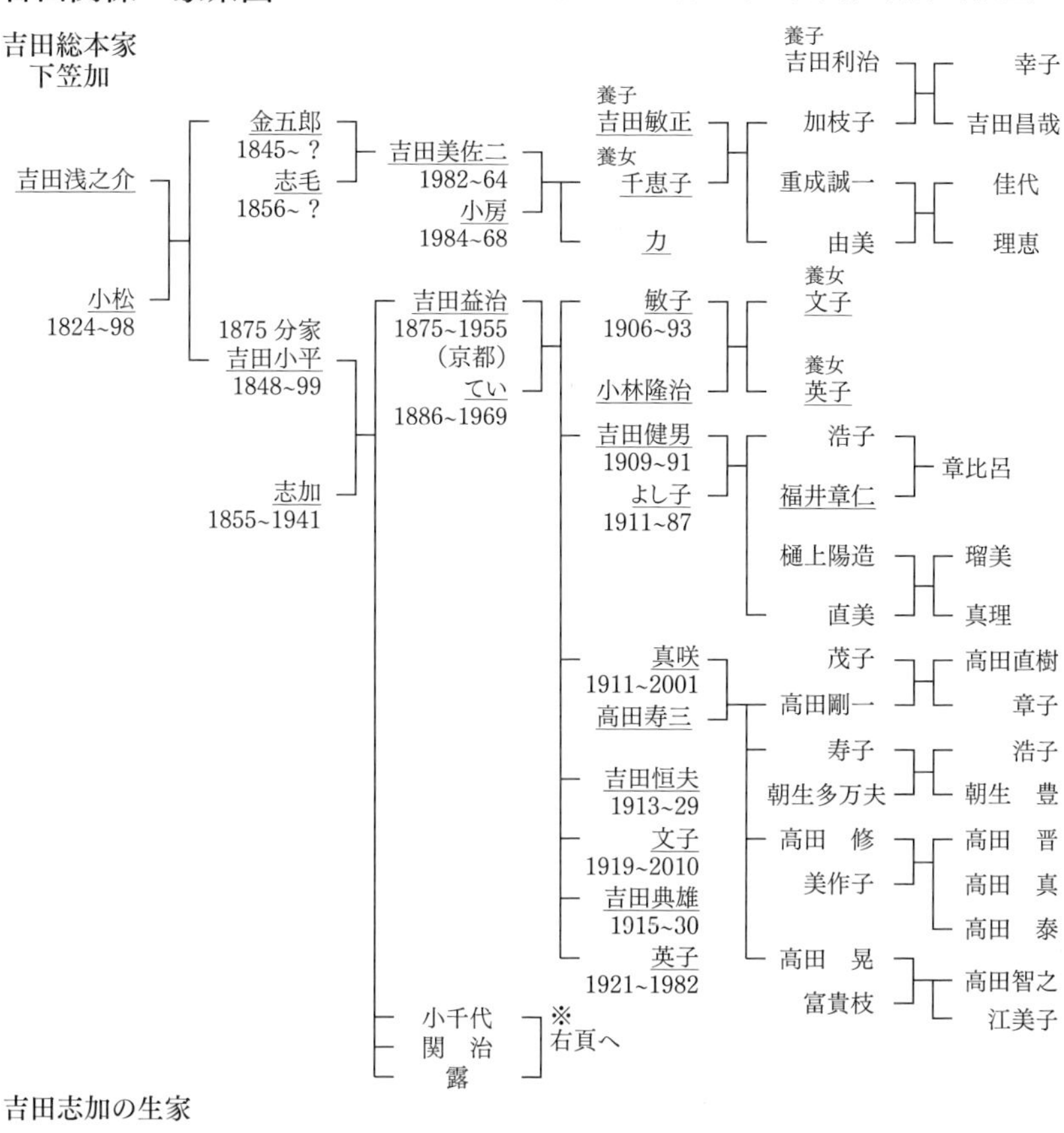

吉田志加の生家

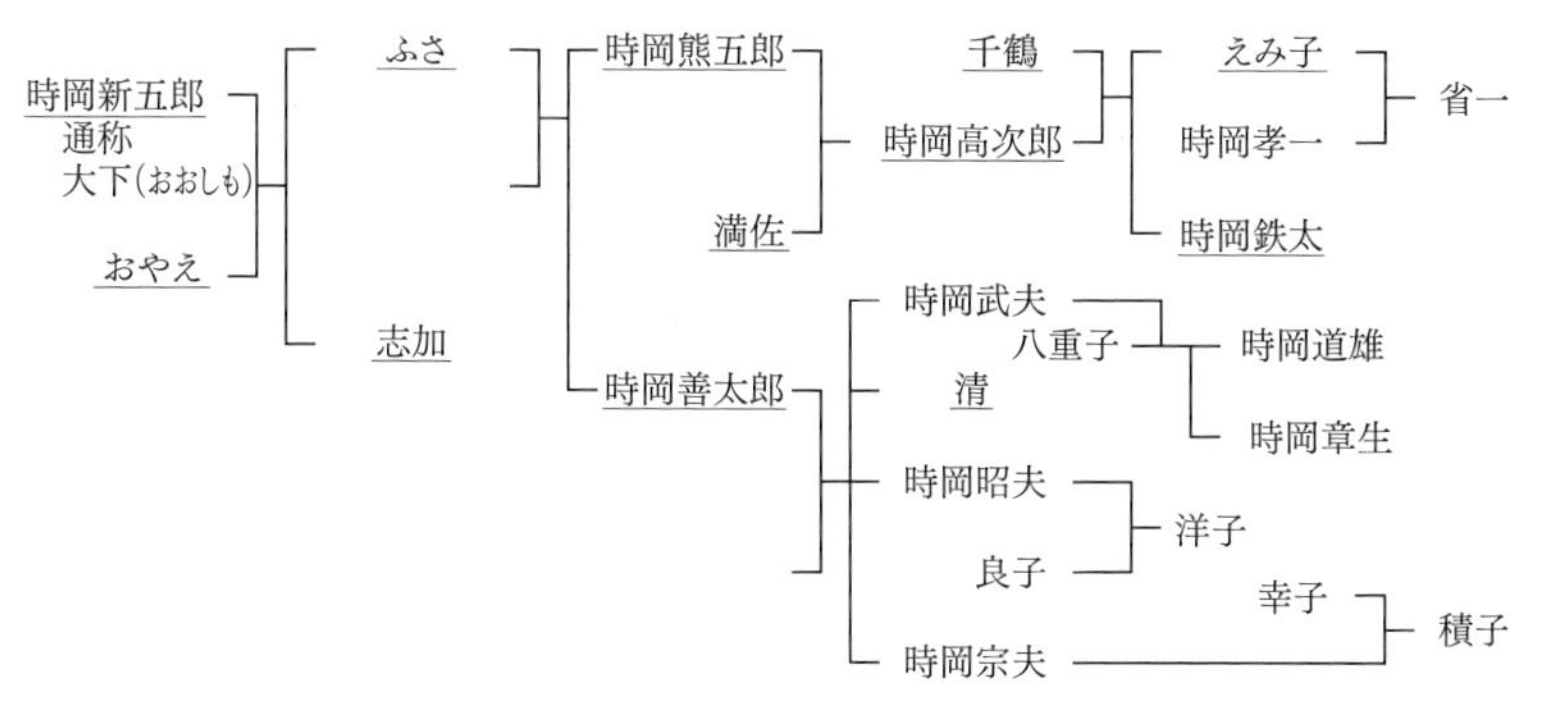

吉田得子日記の里　岡山県邑久郡邑久町（現・瀬戸内市）地図

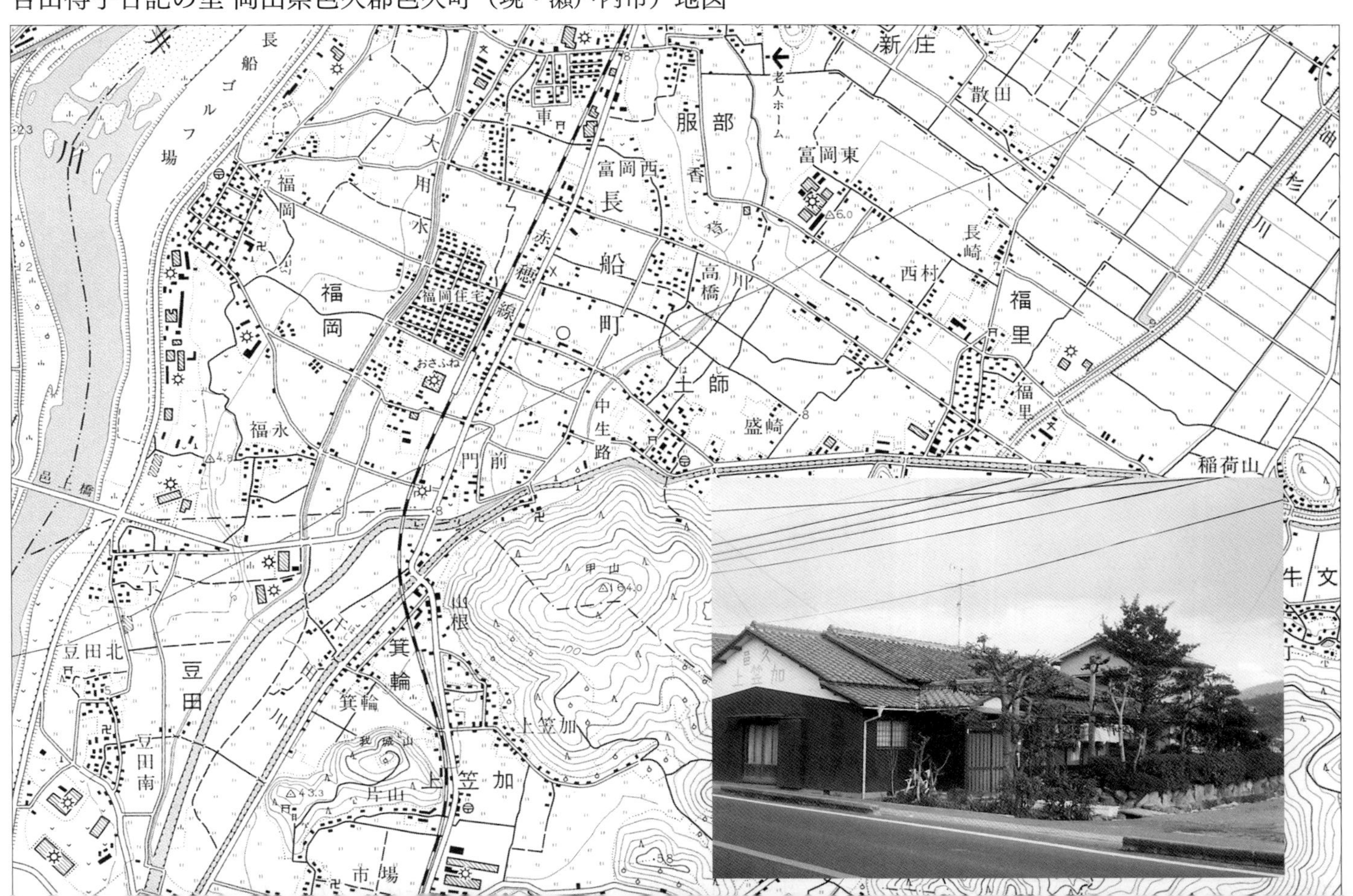

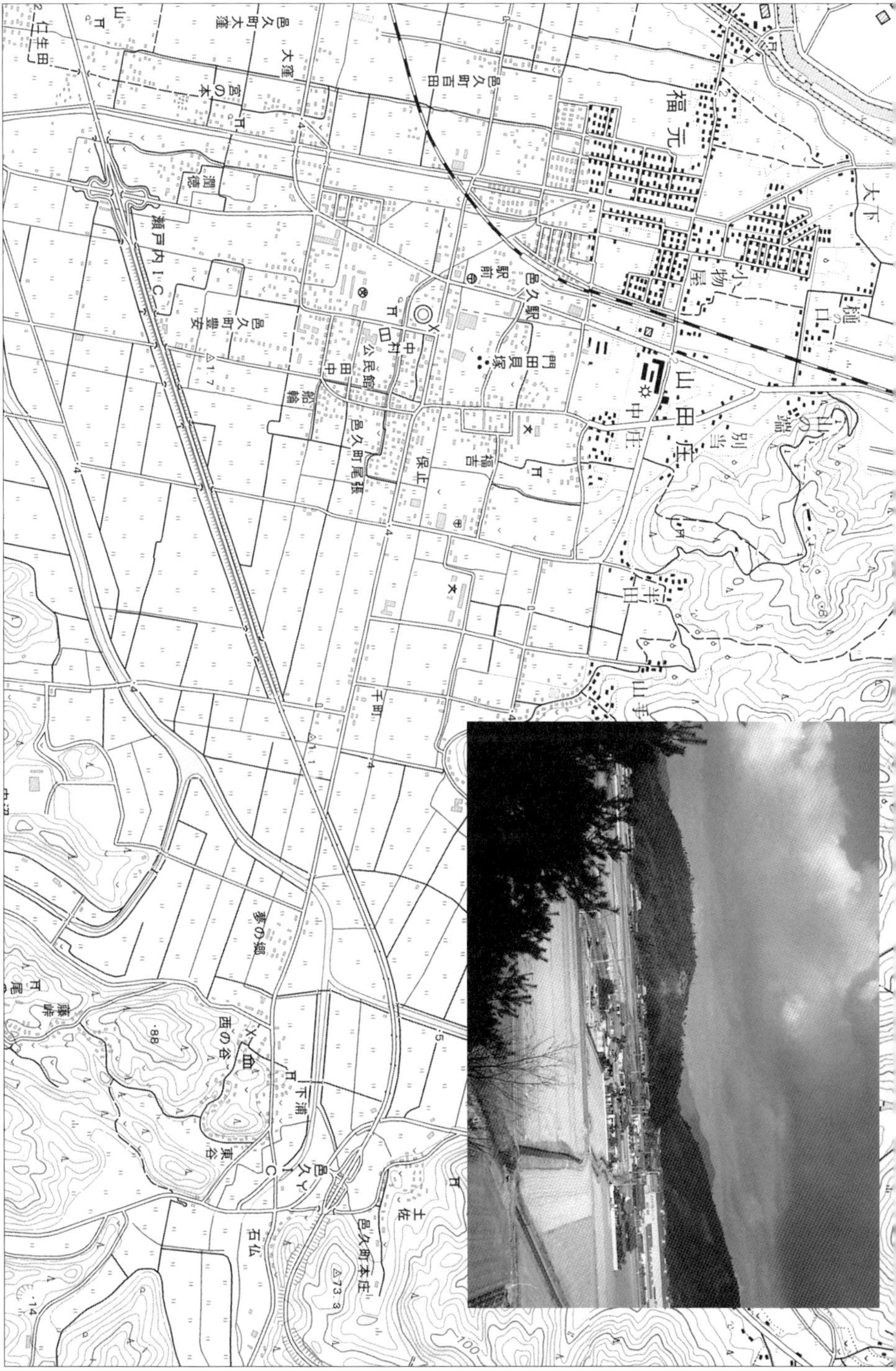

国土地理院発行25,000分1地形図「備前瀬戸」（平成8年8月1日発行）、「西大寺」（平成29年10月1日発行）、「片上」（平成8年12月1日発行）を等倍で結合。国土地理院長の承認を得て複製。承認番号＝平30情複、第120号。この地図を第三者がさらに複製する場合には、国土地理院長の承認を得なければならない。
写真：上＝上笠加の吉田得子宅。昭和33年国鉄赤穂線敷設により移転、昭和45年県道の拡幅により再度移転した。／下＝下笠加の集落。いずれも昭和47年頃撮影

19　吉田得子日記の里 岡山県邑久郡邑久町（現・瀬戸内市）地図

吉田得子日記関係年表

西暦	年号	年齢	経歴	社会の主な出来事	日記帳の種類(定価)筆記具
1891	明治24	0	9月18日正富卯平・小佐代の長女として出生	大津事件（5・11）	
1892	25	1		出口ナオ京都綾部で大本教を開教（2・3）	
1893	26	2		『文学界』創刊	
1894	27	3		日清戦争宣戦布告（8・1）	
1895	28	4		日清講和条約調印（4・17）	註：博文館懐中日記を発行
1896	29	5		三陸沖大地震M7・6／大津波（6・15）	
1897	30	6		読売新聞に『金色夜叉』連載	
1898	31	7	明徳尋常小学校入学	幸徳秋水ら社会主義研究会結成（10・18）	
1899	32	8		高等女学校令公布（2・8）	
1900	33	9		北清事変（義和団事件）（6・21）	
1901	34	10	妹、糸出生	与謝野晶子歌集『みだれ髪』刊	

西暦	明治	年齢	事項	社会の出来事	日記
1902	35	11		八甲田山で陸軍将兵遭難（1・23）	
1903	36	12		国定教科書制度制定（4・13）	
1904	37	13	西大寺高等女学校入学	日露戦争宣戦布告（2・10）	
1905	38	14		旅順開城（1・2）／日本海海戦（5・27）／講和（8・29）	
1906	39	15	弟、秋豊出生	夏目漱石が『坊っちゃん』を発表	
1907	40	16	日記を書き始める（2・5）	義務教育が2年延長尋常小学校が6年となる	和紙　和綴（手製）毛筆
1908	41	17		羽仁もと子『婦人の友』を創刊（1・20）	和紙　和綴（手製）毛筆
1909	42	18	女学校卒業／裳掛尋常小学校勤務（4・1）	伊藤博文ハルピンにて暗殺さる（10・26）	和紙　和綴（手製）毛筆
1910	43	19		日韓併合条約調印（8・22） ハレー彗星接近（5・19）	積善館懐中日記（8銭）毛筆
1911	44	20	大宮尋常小学校勤務（11・1）	幸徳秋水死刑判決（1・18） 小村寿太郎死去（11・26）	博文館懐中日記上製（18銭）毛筆
1912	45・1	21	吉田関治と結婚／国府尋常小学校勤務（4・1）	明治天皇崩御（7・30）／乃木大将夫妻殉死（9・13）	積善館懐中日記（10銭）毛筆

西暦	年号	年齢	経歴	社会の主な出来事	日記帳の種類（定価）筆記具
1913	大正2	22	行幸尋常小学校勤務（4・1）	「反良妻賢母主義婦人論」を取締（4・20）	金港堂新型懐中日記（15銭）毛筆
1914	3	23		第一次世界大戦勃発（7・28）青島陥落（11・8）	積善館当用日記（30銭）以下ペン書
1915	4	24	邑久尋常小学校勤務（11・13）	京都御所で大正天皇即位礼（11・10）	金港堂小型懐中日記（15銭）
1916	5	25		飛行船「雄飛号」所沢―大阪間の飛行に成功（1・22）	博文館懐中日記細長（20銭）
1917	6	26		ロシア革命（11・7）	積善館懐中日記（22銭）
1918	7	27		第一次世界大戦休戦協定調印（11・11）	積善館懐中日記（23銭）
1919	8	28		松井須磨子、島村抱月の後を追って自殺（1・5）	積善館懐中日記（26銭）
1920	9	29		平塚らいてう等「新婦人協会」設立（3・28）	積善館懐中日記（35銭）
1921	10	30	長男、堅出産（6・7）／就将尋常小学校勤務（9・15）	原敬首相暗殺さる（11・4）	積善館懐中日記（45銭）
1922	11	31		大隈重信死去（1・10）／山縣有朋死去（2・1）	積善館懐中ノート（42銭）
1923	12	32	国府尋常高等小学校勤務	関東大震災（9・1）／虎ノ	博文館懐中日記上製（35銭）

1924	13	33	（4・1）	門事件（難波大助 12・27） ㈳東京放送局設立（11・29） メートル法実施（7・1）	積善館懐中日記（45銭）
1925	14	34		東京放送局（JOAK）ラジオ放送開始（3・22）	積善館懐中日記（75銭）
1926	15・1	35		日本放送協会（NHK）設立（8・6）／大正天皇崩御（12・25）	国民出版社懐中特製（40銭）
1927	昭和2	36		北丹後大地震（3・7）／芥川龍之介自殺（7・24）	国民出版社懐中並製（28銭）
1928	3	37		満州某重大事件（張作霖爆殺）（6・4）	希望社　心の日記（60銭）
1929	4	38	国府尋常高等小学校退職（3・31）	ドイツの飛行船ツェッペリン号来日（8・19）	婦女界新年号（80銭）付録
1930	5	39	夫と「吉田ラジオ店」開業	ロンドン軍縮条約調印（4・22）／浜口首相狙撃（11・14）	積善館懐中日記大型（55銭）
1931	6	40		満州事変（9・18）／若槻内閣総辞職（12・11）	積善館懐中日記特製（35銭）
1932	7	41	ラジオ店新築移転	上海事変（1・28）／五・一五事件（5・15）	積善館懐中日記上製（25銭）
1933	8	42		日本、国際連盟を脱退（3・	博文館四六半截形（25銭）

西暦	年号	年齢	経歴	社会の主な出来事	日記帳の種類（定価）筆記具
				27）／皇太子誕生（12・23）	
1934	昭和9	43		東郷元帥死去（5・30）／室戸台風（9・21）	博文館四六半截上製（32銭）
1935	10	44		永田軍務局長、相沢中佐に斬殺さる（8・12）	博文館四六半截並製（26銭）
1936	11	45		二・二六事件（2・26）	博文館四六半截並製（26銭）
1937	12	46		日中戦争始まる（7・7）	博文館四六半截上製（32銭）
1938	13	47	妹、池畑糸肺炎で急死38歳	国家総動員法公布（4・1）	博文館四六半截上製（35銭）
1939	14	48		ノモンハン事件（5・11）／第二次世界大戦開戦（9・3）	博文館四六半截並製（29銭）
1940	15	49		皇紀2600年記念祝賀式典（11・10）	博文館四六半截並製（34銭）
1941	16	50	姑、吉田志加死去	真珠湾攻撃、米英両国に宣戦布告（12・8）	博文館懐中日記並製（34銭）
1942	17	51		ミッドウェー海戦で敗北（6・5）	博文館懐中日記並製（34銭）
1943	18	52		ガダルカナル島撤退（2・1） アッツ島玉砕（5・29）	博文館懐中日記上製（35銭）
1944	19	53		サイパン島の日本軍玉砕（7・7）／東条内閣総辞職（7	三省堂ポケット当用（1円19銭）

年	年齢		得子関係	社会の出来事	日記
				・18）	
1945	20	54	実父、正富卯平死去79歳	第二次世界大戦終結（8・15） 吉井川決壊大洪水（9・18）	Memorandam
1946	21	55	笠加村婦人会長就任	極東国際軍事裁判始まる（5・3）	手帳
1947	22	56	村会議員当選／実母、正富小佐代死去83歳	新憲法施行（5・3）	三井造船（株）手帳
1948	23	57		A級戦犯東条英機ら7人に絞首刑判決（11・12）	三井造船（株）手帳
1949	24	58		湯川秀樹ノーベル物理学賞決定（11・3）	帝国銀行手帳
1950	25	59		朝鮮戦争勃発（6・25）	帝国銀行手帳
1951	26	60		対日講和条約調印（9・8）	婦人手帳（日本文教出版）（20円）
1952	27	61		町村合併により邑久町誕生（4・1）	印刷庁職員手帳（55円）
1953	28	62		NHK東京テレビ局が本放送を開始（2・1）	日本セメント（株）手帳
1954	29	63		怪獣映画第1号「ゴジラ」封切（11・3）	住友信託銀行（株）日記
1955	30	64		アインシュタイン死去（4・	第一銀行日記

西暦	年号	年齢	経歴	社会の主な出来事	日記帳の種類（定価）筆記具
				18）	
1956	昭和31	65		国連総会で日本の国連加盟を可決（12・18）	
1957	32	66		ソ連人工衛星「スプートニク」1号打上げに成功（10・4）	松下電器産業（株）Diary 1957
1958	33	67	婦人会長辞任／母屋新築、店舗移転	東京タワー完成（12・23）	DIARY 1958
1959	34	68	夫、関治心筋梗塞で急死74歳（4・11）	皇太子結婚式（4・10）	
1960	35	69		新安保条約強行採決（5・20）	DIARY 1960
1961	36	70		ソ連有人宇宙船「ボストーク」地球一周に成功（4・12）	博文館新社懐中日記（90円）
1962	37	71		国鉄赤穂線開通、邑久駅・大富駅開業（9・1）	
1963	38	72		ケネディ大統領暗殺（11・22）	
1964	39	73		東京オリンピック開幕（10・10）	
1965	40	74		米軍機、北ベトナム軍事施設を爆撃（2・7）	婦人手帳（岡山県婦人協議会編）
1966	41	75		ビートルズ来日（6・29）	

西暦	昭和	年齢	得子関係	社会の出来事	備考
1967	42	76		吉田茂元首相死去（10・20）	
1968	43	77		川端康成ノーベル文学賞受賞（12・10）	
1969	44	78		米「アポロ」11号月面着陸（7・20）	
1970	45	79	店舗部分再移転	大阪万博開幕（3・14）	
1971	46	80		沖縄返還協定調印（6・17）	
1972	47	81		沖縄、日本に復帰（5・15） あさま山荘事件（2・19）	
1973	48	82		ベトナム和平協定調印（1・27）	
1974	49	83	吉田得子没（11・26）	田中角栄首相退陣表明（11・26）	家計簿日記

日記のほかに残されているノート類（戦前編を含む）

- 明治の家計簿（昭和44年―大正元年）
- 孫（芙美子）のお世話日記（昭和25年）
- 記録―我が家の泊り人（昭和34年―49年）
- 俸給記録（明治45年―大正5年）
- 移転工事記録（昭和33年）
- 吉田得子移転工事（昭和33年―）
- 家計簿（大正9年）
- 手向草（昭和34年）
- 吉田得子移転工事（昭和44年）
- 堅の出産記録（大正10年）
- 北海道旅行（昭和36年）
- 手紙二通（恋文、堅へ最後の手紙）

吉田得子日記 1946-1974

○…昭和21年（1946）

1月1日（火）晴　新年祝

朝起きて朝祝し今年こそは国民の幸福を授けたまへと祈る。八幡宮へ復員軍人無事帰還を祈る。日参を初めるべく参る。天皇陛下詔書を下し給ふ。

1月29日　大下*の鉄太さん復員。

*関治の母・志加の実家・時岡家がある集落の名称が、時岡家の通称となっていた。

2月12日（火）晴　進駐軍へ勤労奉仕

堅は今日進駐軍へ勤労奉仕に出かけるため、七時には兵営へ行き居る筈、終日骨折れる事ならんと噂す。本家の米をつく。

2月13日（水）晴　食用油の配給

福元*へラジオ持ち行きて上げ牛蒡あまた貰ひてかへる。軽部の養子さんニューギニヤにて病気の事わかり心配し居らる。食用油の配給をわける。夜醤油貰ひに行きいろいろ話す。

*隣村の集落名。

2月17日　インフレ防止策発表あり。

2月19日（火）晴　山口正徳さん戦病死の電話

朝ゆるゆる休みて起きる。正金淑子さんラジオ持ちて来りしも故障なし。土産貰う。主人の戦病死をききて驚く。午後、河原*へ行きて久しくかへられぬ内、三時正徳さん*の戦病死の電話今城村役場よりあり驚く。毎日々々無事を祈りゐたりし甲斐もなく皆可愛相なり。みのわへ行くに忍びず旦那様に行きて貰ふ。

*河原は下笠加の小字名で、元その地にあった吉田家の通称。関治の兄、姉、妹の家族が住んでいた。通称で「ごおら」と呼んでいた。

*正徳は、私の父の妹山口露の長男で、次男の一道とともに私の兄のような存在で、子供のころ一緒によく遊んだ。岡山二中、彦根高商を卒業して大蔵省近畿財務局に就職、大阪市内の税務署勤務中に召集で入隊。フィリッピンのルソン島で米軍の攻撃から逃れて、島の北部山林で終戦、食糧不足による栄養失調で戦病死者が多数出た。「みのわ」（箕輪）は、得子の住む笠加村の北の集落で、そこの

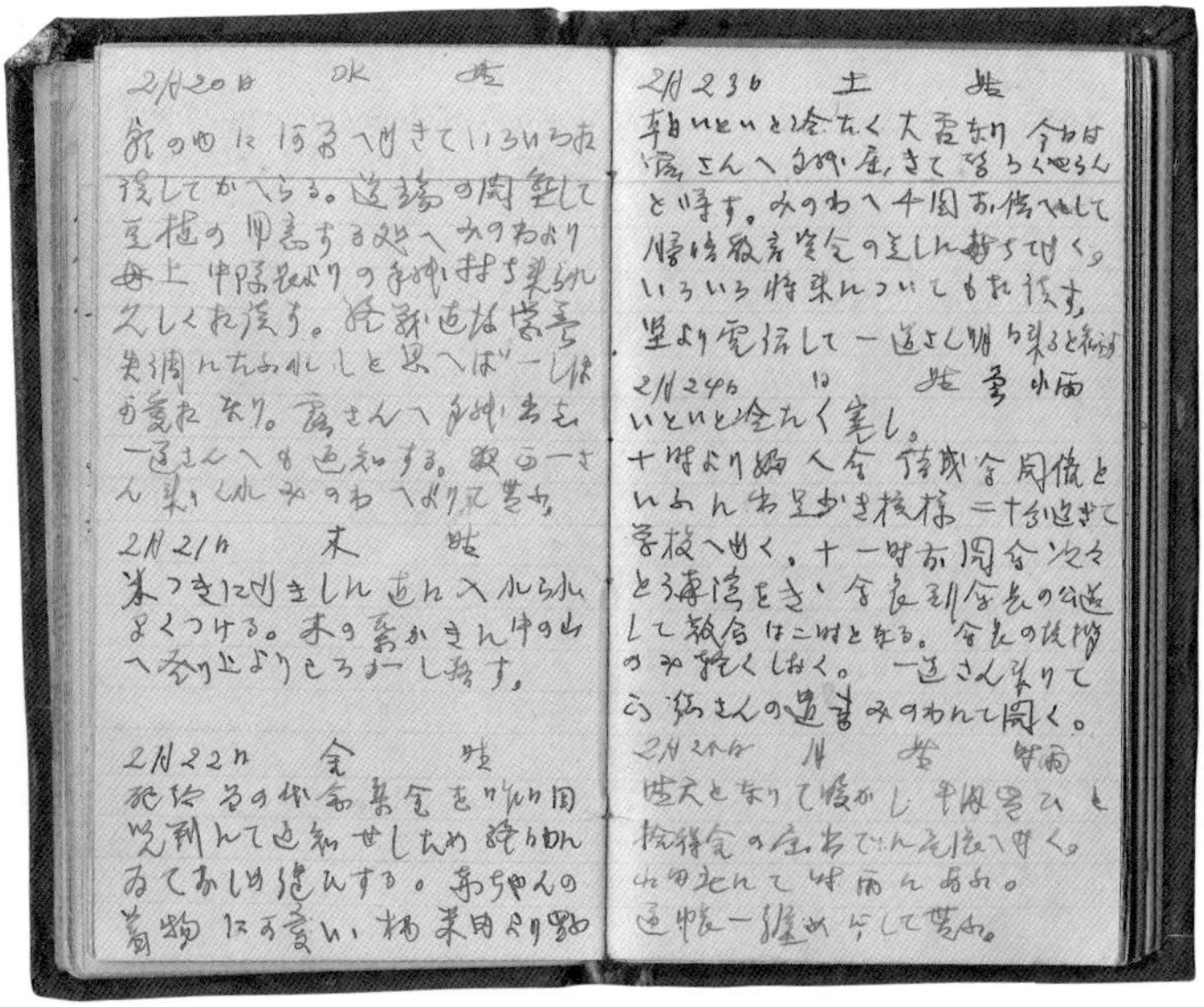

昭和21年2月20日から25日にかけての日記

妻の実家に妻の千鶴と子の二人が疎開していた。（吉田堅・談）

2月20日（水）晴　中隊長よりの手紙

朝の内に河原へ行きて、いろいろ相談してかへらる。道端の開墾して豆植の用意する処へ、みのわより母上中隊長よりの手紙持ち来られ久しく相談す。終戦直後、栄養失調にたふれしと思へば一しほ可愛相なり。露さんへ手紙出し一道さんへも通知する。夜、正一さん来りくれ、みのわへよりて貰ふ。

2月24日（日）晴曇小雨　婦人会結成会

いといと冷たく寒し。十時より婦人会結成会*開催といふに出足少き模様、二十分過ぎて学校へ行く。十一時前開会。次々と講演をきゝ、会長・副会長の公選して散会は二時となる。会長の挨拶のみ軽くしおく。一道さん来りて、正徳さんの遺書みのわにて開く。

＊笠加村婦人会を結成して会長になる。

3月2日（土）曇雨　新円切り換え

今日は、旧券通用の最後の日*とて、組合に押しかける人列をなす。橋本大工さん宅よりトタン二枚買ひてかへる。米の配給を貰ひに行きし片山の兄さんおやき出す。千鶴さん勝坊をつれてよる。

＊二月一七日、インフレ抑制のための金融緊急措置令を公布。新円を発行して旧円の預貯金を封鎖した。三月三日から、旧円の流通が禁止となった。

3月11日　役場で村長と将来について相談。敬老会についても。

3月30日（土）晴　初孫芙美子生まれる

今日もいといと暖かし。赤ちゃんのふとん午前中かゝりて縫ひ、敷布団と共に旦那様持ちて見に行きて貰ふ。朝子さんをつれて倫子さん来る。みのわへ行かせ下笠加へ宿らす様お米持たす。おしめつくる。赤ちゃん元気に泣きゐたりしと。

＊三月二十九日、初孫芙美子生まれる。

4月17日（水）雨後晴　瑞圃、中学校に入学

夜より雨となり大降りする。瑞圃三中の入学日なるに雨にて困る事と噂す。

4月25日　大雨出水あり。

5月27日　招魂祭にて婦人会長として玉串奉典する。

9月24日　不用品交換会、火燵を売る。

10月30日　校長ラジオと巡査軍服を交換の世話。

11月3日　新憲法発布記念式典参列。

12月21日　四時二十分地震。はげしくゆれてあはてる。

12月31日（火）曇　歳末所感

朝より曇り居て時々日の光さす。夜、ねずみとれて二郎さん宅の猫にやる。医院へ薬取りに行き、正月用品を送る。午後雨となる。兄上見舞に来らる。正月用意の掃除、花活けなどして忙し。ラジオの試験もする。先生まきあまたわりて下さる。来年の幸福を祈りて床につく。

＊店（電気店）の仕事、配給のデータあり。

○…昭和22年（1947）

1月27日　新制教育制度研究会。

1月31日　マッカーサーよりスト不許可の命令出でうれ

し。

4月20日　参議院選挙の立会人。女七名の村会議員候補者資格審査願い出す。

4月25日（金）晴　村会議員へ出馬要請

七時より衆議院議員選挙初まり托児所奉仕。午後、婦人会役員会を開く。村会議員に婦人よりも出馬をと一同熱望あり、急を要する事とて取敢えず承諾す。

4月26日（土）晴　立候補の届出

朝早く起きて油屋へ昨日の報告やら相談に行く。立候補の届出すませ、午後は木の葉かきに行く。木の葉七束つくる。

5月1日（木）晴　村会議員に当選

下笠加へ挨拶に、夜は上笠加へ行く。朝より次々とよろこび客ありて忙し。

＊下笠加は元吉田家のあった集落の名称。上笠加は現住所を含む集落名であるが、その主体は北東に少し離れた集落。自宅は小字片山にある。

5月5日　憲法祝賀式参列。

5月9日（金）晴　初村会に出席

五時半に地震にて目さめる。九時より初村会にて出席す。午前中は協議会。午後本会議。夕食も共にして散会。

5月21日　連立内閣の雲行きに関心を持つ。

6月2日（月）晴　母上を見舞に

午前中村会あり。午後は、いろいろ用事しゐたりしに、石仏*の母上休み居らるゝとて見舞に行く。

＊得子の実家がある地域の小字名。実家の通称として使われている。

6月4日（水）晴　母上物言わぬ様になる

畠の草取り、豆ゑんどうの一部ぬきて、南瓜植する。夕方、瑞圃来りて、母上もの言わぬ様になられたりとて来り直にゆく。

6月5日（木）晴　母上危険状態

母上少しも意識つかず、次第に危険状態となる。午後、かへりて、王子八幡宮*のお札いただきて旦那様見舞に行きて貰ふ。

*笠加村の氏神様。

6月6日（金）晴　母上呼吸切れる

三時半より呼吸の工合変り、皆起こして枕元につめ切りて看護し四時半に呼吸切れる。親子のわかれ悲しき限りなり。

6月7日（土）晴夕立　葬儀

とぎしてもらひし人達おそくまで休み、葬儀の支度いろいろする。堅もかへる。夕立来りしが大した事なくてよろしかりし。

6月8日（日）晴　墓参

早朝墓参し、また仕上げ参りする。祇園近野さん苺お供にして下さる。夕方かへり夜泣けて困る。

10月3日　関東地方水害救援米の供出について大勢奉仕する。

12月31日（水）曇　歳末所感

主人の満洲熱病*中にむかへた新年は淋しきものだったが、案外早く恢復して仕事が出来る様になってうれしかった。

四月は、四回も選挙があって、婦人会が忙しかった処へ最後には、自分が選挙戦の矢表に立って、とても忙しい数日を過ごした。邑久郡で只一人の女議員として打って出たからには後輩を……自負しながら突進するべく決心した。

あれやこれやで、お彼岸参り以後、石佛へ行く間がなかった処、母上が一寸風邪ひきとの伝言に、苺を買って六月二日午後出かけたら、母上よろこんで積る話を次から次と語って、逢ってくつろいだと言はれた。それから四日の午後意識を失い、六日暁方亡くなられた。

どうしてもあきらめきれない思ひ出が毎日々々続いて、とうとう夏中百日咳を出して困った。初めて田井の前を作って田草取をした事も、骨折れたのも手伝ったのであらうか。食量も少なかったりで、すっかり痩せてしまったので、皆に心配をかけた。新米をこなして、充分食べる様になって、またもとの様な肉がついた。

ふみ子はずんずん大きくなり、智慧がついて可愛らしくなったが、暮になって百日咳にかかって一寸つまづいた。早くよくなって、にぎやかに笑って遊ぶ様になる事を祈って新年をむかへる。

＊満州から帰った者がインフルエンザに罹ったのを、こう称していたように思う。（吉田堅・談）

○…昭和23年（1948）

1月22日　夜村会ありて遅くなる。

1月27日　邑久郡連合婦人会結成委員会のため尾張へ。

3月6日（土）曇小雨　婦人会

邑久郡連合婦人会結成。早く起きて支度し、邑久高女校へ九時半につき、結成式の準備する。都合よく運びてよろし。かへる頃小雨となる。

3月26日　連合婦人会の結成協議会のために吉備へ出かける。

3月27日　県連合婦人会結成式と山室民子女史[*]の講和を聞く。

＊キリスト教教育者、救世軍活動家。

4月9日（金）晴　村議会

田と畠の手入れする。三時半より村議会あり、二十三年度予算可決。夕食あり、和かに散会する。

5月9日　日蝕観測良くできる。

6月6日（日）晴　母の一周忌

母上のめい日にて赤飯をつくる。露さん来りてよぶ。猫よろこびて飛び出す。石佛へ行き香苗と墓参する。

6月8日　石油と肥料の分配あり。

6月17日　石灰窒素振る。

6月19日　硫安の分配あり。

7月16日　婦人議員会のため岡山へ。

8月29日　洋裁の講習についてまはる。

9月3日　社会教育研究会のために邑久高校へ、発表討議する。

9月25日（土）晴　婦人会長会議

早く起きて支度し、着物着て婦人会長会議に尾張[*]へ行く。水源地へもよる。箕輪へ行き、いろいろ話し暮れる。

＊隣村、邑久村の中心地。邑久高女（後に邑久高校）があった。

10月29日　ＤＤＴの配給あり。

11月15日　芙美子（孫）の紐解き祝いする。岡山神社へ。

11月24日　朝床の中で堅の映画に関する放送を聞く。

＊ＮＨＫ岡山放送局の早朝ローカル番組に出演、地元の映画評論家と対談した。当時「映画の友」主催の淀川長治さん指導で、各地に「映画友の会」が作られた。私は岡山友の会の指導者の一人になり、毎週主として映画を観ていた。（吉田堅・談）

12月22日（水）曇　堅、のど自慢で三等

河原に亡父の五十回忌法要に旦那様行かる。俊郎さんラジオ四台持ち帰る。堅のど自慢三等なりしと。＊

＊ＮＨＫのど自慢地方予選の第一次予選に出て三等になった。歌は「山小屋の灯」。二次予選は突破できなかった。（吉田堅・談）

12月23日（木）半晴　Ａ級戦犯絞首刑

六時のニュースにて東條其他七人の絞首刑、零時より執行されし事きく。感深し。

12月31日（金）曇雨　歳末所感

朝より曇り居て堆肥の片附けする。木の葉かきに行きしに早くも雨となる。内外の片附けの予定すっかり予定くるう。石佛へ正月買物してやり瑞圃持ちかへらす。西屋敷へ商人コート縫ひたるを取りに行くに雨にて困る。

夜、煮〆大分つくる。夜おそく迄碁打ち居り、除夜の鐘をききつゝ風呂に入る。

本年の幸を感謝し、来年の幸福を祈りて床につく。

国家的多端の年なりしが、順次経済的にも精神的にも安定に向ひて、人心も明るさを増したり。政界確立せば一層に社会相も朗らかになる事ならん。来る年も、我が家族の幸福益々増進せん事を祈る。

○…昭和24年（１９４９）

1月1日　今日よりバス初めて前を通る。

1月11日　婦人会役員会を開く。

4月9日　村議会新年度予算の膨大なるためにねりにね

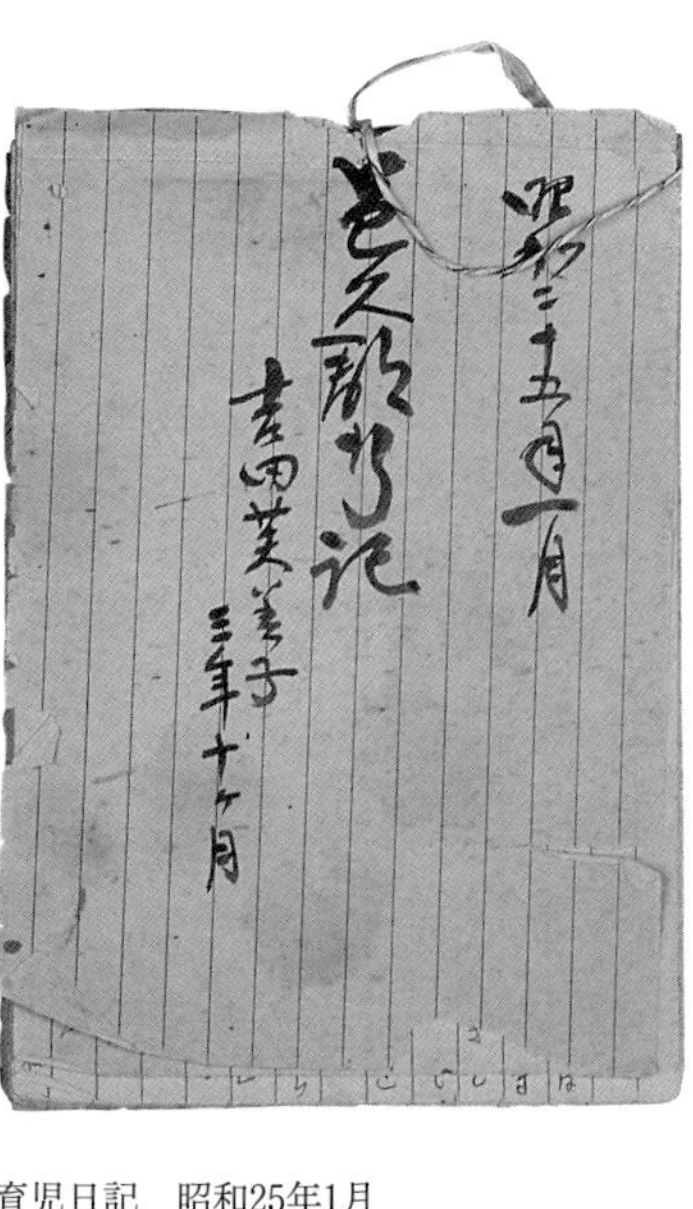

育児日記　昭和25年1月

る。学校給食の予算にてもめる。

4月21日　婦人会役員会開催。

4月29日　協同組合の総会あり。役員選挙賑やかなり。

5月5日　婦人会総会。祈願祭、慰霊祭を終えて総会開く。

5月8日　のど自慢堅の時停電にて聞けず。

5月17日（火）半晴曇　テレビを見る

ラジオ商組合会に出席のため出岡。テレビジョン見に行く。テレビアン会にて馳走になる。

6月14日　学校再編成審議会出席のため地方事務所へゆく。

8月7日　猫の子二匹山へ捨てる可哀そうなれ共。

8月20日　高校再編成審議会あり。地方事務所へ行く。

9月11日　サマータイム今日終わる。

9月14日　朝芙実子を保育園に行きてより美玉は生長の家講演会へ行く。

9月28日　共同募金の会議あり。

10月8日　堅は十二指腸虫を下して三日休みたりと。

10月17日　村会始まる。二日かかると言ふを夜までかかりてすまして貰ひ夕食共にして解散。

10月25日　邑久高校のオリンピック選手挨拶会に出席。

11月9日　夜緊急村議会あり。

12月13日　尾張の婦人会。海外同胞引き揚げ促進運動についての相談会。

12月29日（木）晴　二人目の孫千恵子誕生

岡山へ行きて宿りてやるつもりなりしに、朝食の最中今出産すると電話あり、大急ぎに出かける。生れし処へ行く。

12月31日（土）雨　歳末所感

夜より降り出したる雨終日降る。大晦日の雨にはほとほと困る。煮〆つくりする。剛ちゃん[*]尾張へ荷物取りに行きてくれる。風呂焚かず、早く床に入りてラジオ除夜の鐘まできく。

＊関治の兄・益治の孫、高田剛一。

○…昭和25年（1950）

1月10日（火）時雨　芙美子を預かる
度々時雨あり、赤ちゃんのゆあみすまして支度して、ふみ子を連れかへる。

＊二女千恵子が生まれたので、長女芙美子をしばらくの間祖父母に預けた。その間に書いた「得子育児日記」は後に本人が清書して成長した芙美子に渡された。（吉田堅・談）

1月13日（金）曇　芙美子を返す
久しぶりの晴天にて暖かくて心地よし。ふみ子をつれてバスにて岡山へ行きおいてかへる。

1月15日　婦人会役員会を開く。

1月21日（土）晴　芙美子を預かる
松の皮かきてかへり干す。十一時のバスで出岡、ふみ子をつれてかへる。下笠加の子供大勢来て遊んでくれる。

2月14日（火）曇　芙美子帰る
今日はいよいよふみ子をつれて行くやう納得したるため、早くより支度してゆく。

4月1日　運動場拡張落成祝芝居あり。
4月4日　婦人会総会のため終日働く。
4月14日　秋豊の見舞。
4月26日　秋豊退院後、また悪化したりとの事。入院について行く。
5月7日　藤原義江歌劇団の稽古を見に公会堂へ行き、オペラ見て発起者会へゆく。
5月8日　県婦人協議会発会日とて忙しく働く。
5月9日　台所改善組合の調査に来り写真とる。
5月11日　山陽新聞貯蓄組合の記事となる。
5月23日　グルース女史[*]の講習あり。

＊占領軍中国管区本部（呉市）の婦人担当官グロス女史のことか。婦人会活動に干渉する（昭和二十二年末～二十六年

六月）。

5月29日　邑久郡連合婦人会の総会及び役員会のため邑久高校へ行く。

6月2日　八時より村会あり、放送に出るため出岡す。五時より。

6月11日　アメリカ博見に行く。

6月25日（日）曇雨晴　朝鮮戦争勃発

北鮮南へ□□□めたりとラジオにてきく。早くより植ゑ、苗取。昼頃雨降る。午後終りて大下へ手伝にゆく。

8月19日・20日　貯金調査終日かかる。

9月13日　キジヤ台風*九州上陸。

＊九州から近畿にかけて十七府県で被害。死者三十名、行方不明者十九名。厳島神社、錦帯橋も流失した。

11月1日　リクレーションコンクールに出演の事頼まれる。

12月1日　牛窓へサーカス見にバスにて出かける。

12月15日　村長問題について相談。十二月二十七日村長選挙の準備する。

12月23日　婦人会の配り物し、『日本人よどこへ行く』の書来たりて配る。

12月31日（日）晴　歳末所感

石佛よりお餅持ち来りくれる。今日は寒き風吹きまくる。煮〆つくる。何事も片附きてうれし。

◯…昭和26年（1951）

1月3日（水）晴　瑞圃店を始める相談に来る

風もなく暖かにてよし、上笠加にて碁会ありて行かる。ほどき物して暖かく過す。瑞圃、店を始める相談にくる。

＊終戦後、得子の弟・正富秋豊は両親の死去に続いて、農地改革などで自作農のための人手も不足。主力の小作収入もなくなったので、熟慮の結果、教員を退職し需要の多い製材業を始めた。はじめは順調だったがやがて不調になり廃業。電気商店を始めようかと考えはじめていた。秋豊の長男・瑞圃はこの頃邑久高校三年生。父の仕事のことで相談に来たのだろう。（吉田堅・談）

1月9日 村議会にて移動大学申し込みを可決して貰ふ。
1月28日 アメリカ古着即売会へ行く。
2月4日 笠加村青年団発会式。
2月6日 生活改善講演会、盛会なり。
2月10日 西大寺まで自転車にて俳優座の東山千枝子見に出かけらる。
3月6日 ねずみ取り奉仕に役員集り保健所から来る。
3月12日 村協議会。
3月17日 県婦協の役員会。
3月26日 生活改善者規約制定について役場に行く（二十七日決定）。

3月31日（土）晴　村議会
村議会七時に開会。議事てまどり夜十二時前までかかる。やっと二十六年当初予算も決定。斎藤助役の退職挨拶あり。

4月24日 下村*の父上も当選、秋豊も当選なり。
＊堅の妻・美玉の実家のある集落の名称。実家の通称として使われている。

5月17日 皇太后陛下死去。

7月10日 順宮池田家へ婚約内定の放送あり。
7月19日 赤十字奉仕団の理事会。
8月26日 秋豊、香登へなわない機械見に行く。

9月5日（水）半晴　サンフランシスコ講和会議始まる
朝ゆるゆる休む。サンフランシスコ講和会議よりの中継放送あり。午後、集金に下笠加へゆかる。朝ちゃん母子来り西瓜を馳走する。

9月15日 シオン切りて堅に墓参さす。

9月18日（火）小雨曇　堅日銀本店へ栄転きまる
片附け色々する。小雨ありしがやがて止む。学校参観日にて雨かと笑ふ。大根間引きて虫の薬かける。堅、転勤定る。*
＊日本銀行本店営業局に転勤。仕事が面白くなり、家業の電気商を継ぐ気持ちは薄れていた。（吉田堅・談）

9月23日 移動大学講座婦人問題にて大分出席ありてよろし。
10月5日 共同募金の赤い羽根売りを婦人会にて奉仕す

る。

11月4日　朝ちゃん婚礼。

11月7日　松茸、牛肉と替える。

11月11日（日）晴　ヘリコプターを見る

茸狩りにゆき松茸三本あり。夕方迄に稲刈り終えて、つかれしためか夜おそく目さめて困る。初めてヘリコプターの通過を見る。

12月31日（月）雨曇　歳末所感

夜より雨となり突風はげしく吹く。午前中よく降る。家の片附け天井ふきなどする。午後晴れて河原へいろいろ持ち行きて上げる。

夕方また雨となり夜は止む。

今年は、私達の最良年であった事は確かだ。もう三十分で本年もおさらばだ。一同健やかに幸福に暮させて頂いた事をもろもろの神仏に心からお礼を申し上げなければならない。

何事も何事も、思ひのままに過させて頂いた事は、ほんとにもったいないやうだった。特に私達は淋しくなるのだが、本人の満悦を見ては、堅の東京栄転新築の與えられた事、共によろこび感謝してやらなくてはならない。

来る年も来る年も、最良の歳でありますやう祈りて、やがてきこゑて来る除夜の鐘をきいて安眠して新年を迎えませう。

◯…昭和27年（1952）

1月8日　六ヶ村合併について協議会にて邑久高校へ参る。

2月3日　移動大学終講、三宅太郎先生を迎え昼食はスキ焼にする。

2月4日　田のネズミ取り奉仕。

2月6日（水）晴　英国王ジョージ6世逝く

健康博覧会の下見券を配る。戸井貞子さん案内状について尋ねに来らる。学校に松葉持ち帰りくれる。午後木の葉かきにゆく。英国皇帝薨去の放送ありたり。

2月18日　未亡人会*発起者会の案内状を出す。　↓八月二十三日発会（十九名）。

＊戦争で夫を亡くした女性は全国で約五十万人。

2月25日（月）曇雨　町村合併

曇天にて皆忙しく田に働らけど、村議会にて集合。午後は雨となる。六ヶ村合併、邑久町とする決議する。備前地区会三月六日の案内状、端書にて刷りて出す。

3月3日　学校林の公入札、墓地のためと高値入札して落す、全部買う。

＊関治の父が分家して墓地も本家の隣に設けたが、狭いため、このとき買った学校林の一部を後に吉田分家の墓地にした。（吉田堅・談）

前列左から美玉、千恵子、得子、芙美子。
後列左から堅、関治　昭和27年1月

3月13日　受胎調節の講話あり。

3月21日　のど自慢全国大会を聞く。

3月26日（水）晴　風呂敷注文

洗濯してよく干く。木の葉も全部干く。久しぶりの風弱き晴天にてよろし。邑久町合併記念の風呂敷注文する。

3月29日　淳風校にグランドピアノ来る。

4月1日（火）曇晴　開庁式に行く

朝小雨残りゐたりしが、やがて止み、文子さんに髪を結ひて貰ひ、支度して、邑久町開庁式に中学校へ出かける。三木知事も臨席さる。役場へ帰り折詰ひらく。

4月3日　ルンペンいる、村議会閉庁式別宴あり。

4月8日　母親クラブの件につき相談に行く。

4月23日（水）曇　婦人会長会議

曇り勝なりしが、自転車にて郡市婦人会長会議のため出岡する。ＣＩＥ図書館にて開会。今後の寄附金について。池田隆政氏＊の新居を参観させて貰う。

＊岡山県郡市婦人会長には、池田隆政氏夫人（もと順宮厚子様）がなっておられた。（吉田堅・談）

5月3日　村の功労者、慰霊祭と表彰式を挙行。

5月16日　石佛よりヤギを連れて来てくれ初めて乳も貰う。近域保自転車競技オリンピック選手の後援会委員会ありて行く。

5月17日　パーマする。

5月18日（日）晴　瑞圃の卒業証書

午前中畠の手入れする。午後は邑久村の慰安会に臨席する。瑞圃の卒業証書を高校より貰ひて帰りてやる。

5月23日（金）晴　上京

早く起き出して洗濯などしておく。のり、菓子、みかん等県道にて買ひ、おべんたうつくりて、一時に出発、愛生園にてしばらく話して下村へゆく。風呂に入り夕食して乗車する。

＊日銀本店に転勤して、最初は家族と一緒に住む家がなく、単身寮の一部屋に住んだが、この年一月、新築の舎宅を割り当てられた。六畳三部屋で当時としては恵まれた家に四人で生活した。その家に得子が上京してきて泊った。（吉田堅・談）

5月24日（土）晴　堅宅に着く

名古屋より夜明けて、雲多く心配し居たりしが富士山もよく見る。修学旅行の学生もよく見る。午後一時五四分東京駅に着く。ふみ子たちバスにむかえに出てゐる。

5月25日（日）晴　多摩御陵・高尾山公園

新居の明るき家に楽しき初夜をぐっすり休む。総出にて多摩御陵に参拝、高尾山公園に遊び、車中より富士山をよく見る。帰りの車中を新宿に堅直通して、日光行きの研究に行く。

5月26日（月）晴後曇　東京見物

朝早く起きて支度して、下村の母上と二人にて観光バスに乗り、東京一巡して丸ビルに入り四時に帰宅する。午後曇りて明日日光行きさせる事にしてあるので気づかう。

5月27日（火）曇雨　堅等三人日光へ

早く起きて支度して、堅、美玉、母上と三人日光へ行く。

千恵子の守に学校へ行く。ブランコしてよろこびたり。表の道の掃除する。

5月28日（水）晴　デパートまわり

早く起きて支度し、一人にて堅のラッシュアワーを見に出かけ、高島屋、白木屋、三越とまわりてかえる。母上一所につれていって上げればよかったと思ふ。

5月29日（木）晴　新宿御苑へ

二人にて新宿御苑に行き、渋谷東横百貨店へ汽車の集配見に行く。午後は、堅夫婦のオペラ観の子守してやる。

5月30日（金）雨曇　留守番

朝より美玉母子百貨店めぐりに出させ留守居する。よく遊びて色々野菜の植替などする。土産物あまた買ひて帰りにぎやかなり。

5月31日（土）晴　帰途につく

朝、写真とる。ラッシュに二人出かけて、上野動物園へ行く。開園七〇周年記念大会最終日にて賑やかなり。四時に帰宅して帰りの支度。堅に送られて銀座の夜景を見て、十時発急行に乗る。

7月19日　厚生省保育係長、母親クラブの視察。

8月14日　秋豊ハミ*にかまれ高熱、オーレウマイシン効く。

*マムシ。

8月27日　邑久町立病院の視察。

10月5日　教育委員の選挙。県と町二つなり。当番につき終日世話する。

11月10日　立太子礼と御成年式ありて国旗たてる。

11月28日（金）雨　池田通産相不信任決議

夜、吹降りする。昼間止みては又降る。池田通産相の不信任の決議可決なる場面ラジオ久しくきく。堅、手紙をよこす。

12月14日（日）晴　順宮様と並んで写真

寝不足なりしも早くおきて支度する。天候変るやも知れずと予報あり雨用意もして行きしが晴天となる。朝野さんと逢ひて池田さんへつれ立つ。順宮様と並びて写真を撮る。参観者あまたあり。天満屋にて昼食。午後は、文化セ

岡山県下各郡市婦人会長、池田隆政氏厚子夫人（旧名＝順宮厚子内親王、前列右から3人目）を囲んで。前列右から2人目が得子、4人目が横山昊太岡山市長夫人　昭和27年12月14日

ンターにて宮城タマ子女史の講演をきく。

12月31日（水）晴　歳末所感

ゆるゆる休みて起きる。暖かい日照りて終日風もなく仕事しやすくうれし。お正月の支度すっかり出来てありがたく感謝する。幸福なる二七年を送ると共に、来る二八年も幸福なれかしと祈る。終日、修理忙しくせらる。夜、おかざりして貰う。東京より日記送りくれる。

○…昭和28年（1953）

1月21日（水）半晴　婦人学級開校式

寒くて困る。婦人学級*開校式にて色々準備忙しくする。五十名の入学者、傍聴者も多数あり。奥田町長の講話も皆あかずきく。

＊一九五〇年代女性団体活動と教育の中心となる。昭和三十一年（一九五六）から文部省が市町村に事業補助費を出す。

1月26日　夜ＰＴＡの会に手伝いに参加。

2月1日　邑久町商工会発会式ありて出席。
2月15日　邑久町成人祝賀会に参加。
2月28日　放送局より宣伝カー来たりて案内する。
3月5日　野崎先生アメリカ行きのため出発なり。
↓八月二十七日婦人学級にて視察談をしてもらう。
3月9日　邑久町議会傍聴に出かける。

3月14日（土）晴　開店をすすめる
午前中かゝりて、『わかくさ』の訂正をして、各部□へことづける。秋豊に電器店を初めるように手紙を書きてことづける。

3月21日　台所を改善したため見学者次々に来る。
3月30日　皇太子さま渡欧にて出発の放送聞く。
4月3日　邑久町婦人大会出席、田部女史の講演、生花大会、立会演説会もあり。
4月5日　会長会議出席、婦人会館二百万円補助定まりたるため協議。
4月21日　丹毒とてペニシリン注射。　↓二十三日三本目注射する。
4月26日　阿蘇山噴火にて死傷者あり。
4月27日　堅抜擢昇給ありたりと便りあり。
6月19日　東京より声の郵便届く。　↓二十日学校へ持ちゆきて貸してあげる。
7月12日　旭川ダムの視察に行く。
8月8日　夜学校にて映画会ありて見に行く、「秘密」という教育映画にしてあり、少々気に入らぬ点あり。
9月11日　新聞記者結婚簡素化の問題にて来る。
9月21日　水道式ポンプの初使用うれし、今日より普通に電気使用出来、精米する。
10月31日　県婦協代表、戦犯者釈放陳情に上京ときめる。

11月11日（水）曇晴　上京
三時ふぢえだ駅にて人をしき停車してより眠れず。東京駅へ堅迎に出る。宿へつき午後大会場に行く。夜に入りて終る。

11月12日（木）晴　巣鴨へ慰問に
朝ゆるゆる休みて起きる。九時半、自動車の迎えありて巣鴨へ慰問にゆく。感激新なり。榊原の坊ちゃんを見舞ひしも面会謝絶なり。午過ぎ家にゆきて孫達見る。

羽田空港にて　昭和28年11月14日

11月13日（金）曇　日劇秋のおどり

有楽町へゆき、松坂屋と日劇秋のおどりを見る。暮れて帰り、夕食後ゆるゆる話す。幸福なる生活を互に感謝すべき事をいう。

11月14日（土）晴　羽田空港見学

好天気やゝ暖かくなる。高島屋、白木屋、三越と少しづつ廻りて、十二時半に日銀へ行き屋上にて写真をとる。羽田空港を見学に案内して貰ひ、国際線の着陸、日航機福岡へ向け出発の様よく見、其の他の小型機発着あまた見て日暮れて帰宅する。急の思ひつきにて、明日旧婚旅行をさせる事にして準備する。

＊堅・美玉夫婦は、戦時中（昭和十九年）に結婚したため、新婚旅行に行っていないので、二人の子供を得子に見てもらい、伊豆方面の温泉に旅行に行くことにした。

（吉田堅・談）

11月15日（日）晴　留守番

からりと晴れた上天気、早くより起きて支度し、二人温泉へ出かける。子供たち、大人しく留守する。かしこい子たちとほめてやる。子供と共に庭の手入れする。下村より小荷物来る。柿あり。

11月16日（月）雨　堅等帰る

雨となりて、折角旅行させしにおしき事なり。子供はよく遊ぶ。寒くて床にて読書す。夕食すましたる所へ帰る。ぬるき風呂に入りて困る。

11月17日（火）　歌舞伎座

朝早くより支度して、美玉と歌舞伎座見に行く。歌右衛門の娘道成寺の舞に見とれる。三越にて土産の買足する。夕食に帰りて、堅に送られ、せとにて帰る。

12月31日（木）時雨　歳末所感

晴天の処にと寒き風ふき、平田歯科院さん来られ、ラジオ買ひて貰ひ取りつけにゆく。雪時雨来る。止むをまちてかへる。煮〆つくりてより、下笠加へ色々持ちゆく。剛ちゃんより卵を回復祝に貰ふ。石佛よりお餅つきたるを持ち来りくれ、かきあまた貰う。本年の幸福を神に謝し、来る年も幸重ね給えと祈りて床につく。

○…昭和29年（1954）

1月15日　電灯料集金→農協に納める。

1月22日　鉄道の仮測量にぎやかなり。

1月31日　第一回婦人学級。

2月22日　学校のＰＴＡの研究発表会手伝い。

2月23日（火）晴　民生委員の講習

朝、岡竹さんの座ぶとんを学校へ探しにゆく。西大寺へ民生委員の講習にゆく。帰りに苗木を買う。

2月24日（水）晴　会長会議に出席

早く起きて支度し、県会長会議に出席のため出岡。午後は、特産品売り出しを買う。婦人会館寄附金を持ちよる。生花クラブ。

4月1日　岡山博開催式に参列のため出岡。

4月14日　女性大会のため出岡。

4月19日　日赤奉仕団会議。映画見て帰る。

4月28日　天然色映画見に岡山へ出かける。

5月10日　今年もまた母の日にビスケット来る。

5月26日　精密検査受けるががんではないと安堵せらる。

5月29日　備前地区会準備委員会出席。婦人会館見学。

5月31日　病院にて主人の診察結果を聞く、大学病院にて診査してもらえとの事。

6月4日　病院で、レントゲン四枚とりおそく帰らる。

6月5日　診察の結果きゝに病院へ行かれ癌でなく安心する。

6月23日（水）曇晴　堅に六万円送る

岡山へ行かる。堅に六万円ピアノ購入の足しに送ってやる。畠の草取り終日する。福武さんへ手紙出す。

7月5日　上笠加山くづれする。

7月23日　公民館委員会出席。

8月23日（月）晴　未亡人会

ぶり返したる暑気とてもひどく、皆あえぎ居たれども、二十四名の未亡人会出席者ありて盛会裡に終る。横山さん、熱心に話くれる。井上照子氏を会長に押す。

9月30日　下村へよる。婦人会館の出来上がりを見に行く。立派なもの出来上がりゐたり。

11月6日　町長と助役辞表提出の事新聞に出る。

11月22日　尾張劇場*のアメリカ古衣を買いに出かける。→翌日染める。

＊昔の邑久村の中心地、現在の邑久駅の東方にあり、子供の頃たまに芝居などやっていた。巡回の販売などもあった。（吉田堅・談）

12月13日　結婚相談所を婦人会にて開設する。

12月14日　午前中愛の運動にまわる。

12月17日（金）晴　郡市会長会議

今日も大霜にて冷たい。郡市会長会議に出岡。井上さんへより、瑞圃事務に採用の事をきゝて安心する。夜、赤木氏井上氏と話す。

12月24日　クリスマスケーキをプレゼントさる。

12月31日（金）晴　歳末所感

風なく暖かにてよろし。片附け、正月用意忙しくする。オンキョウの広告来りて、長田へ新聞に入れるべく頼みにゆく。

今年は、国家的にいって多事多難な年であった。政治的にも経済的にも行きつまって来たが、わが家では先ず無難に過し得た事は幸だった。

長年の懸案だった両親の石碑も新らしい墓地にあげ得て、伊七さんの碑まで造ってやる事が出来た。

表の壁をぬり更えて、とても見ばえがするようになった。南側の板垣も新らしく造り更えたので丈夫になって台風にもびくともしなかった。

堅は、ピアノを買って、一家大よろこびで暮らしている。瑞圃の愛生園就職の件も頼んでやったのも、都合よく採用の内約が出来たし、何事も意に充ない事がなくて、生き甲斐を思う時感謝の外はない。来る年も、来る年も、幸福の連続であるよう祈って止まない。

◯…昭和30年（1955）

1月1日　筑波山頂に上る初日の出を見ている夢をみた。丁度ラジオで筑波山の日の出風景を放送している処だった。

1月6日　結婚簡素化の条文案を刷りて貰い午後配りて回る。

1月16日　パンの給食ありたり。

1月21日　邑久町音頭うたってみる。

1月23日　大下で子供の火遊びより大事となる。

2月9日（水）曇　マレンコフ辞職

マレンコフ辞職による株価の変動を見こして出岡さる。居間の片附けをする。農協にて色々刷物をして貰う。

2月22日　ＰＴＡの両親学級と併せて婦人学級を開き、給食の試食する。

2月25日　教育事務所より意見発表の依頼。

3月15日　墓掃除の帰りこけて手を切り町立病院にて縫う。

4月6日　心地よい朝寝のうれしさをしみじみ感謝して起きる。

4月24日（日）雨　兄上病状悪化

四時半に剛ちゃん起しに来り、兄上病状悪化との事にて直に起きる。

4月25日（月）晴　兄の葬儀

兄の葬儀、地元の世話になりて挙行、晴天にて万事都合よく行く。英子さん来りて泣きくづれ可愛相なり。すっかり片附けし、暮れて帰る。

＊関治の兄、益治は、京都に長く住んでいたが、戦時中食糧不足のため郷里に戻って生活していた。堅が生まれ育った家である。その家で亡くなった。（吉田堅・談）

5月11日　宇高連絡船紫雲丸沈没*のニュースに驚く。

＊香川県高松沖で紫雲丸と第三宇高丸が濃霧の中で衝突。百六十八名が死亡。

国会議事堂前で夫関治と　昭和30年6月4日

5月12日（木）曇晴　愛生園へ

夜、大雨降る。五時より起きて支度し、尾張よりバスにて愛生園へ行き挨拶、宮城道雄師の演奏をきく。

＊得子と長島愛生園との関係

正富瑞圃は、昭和二十七年三月に邑久高校を卒業すると、片上の九州耐火煉瓦に就職していたが、この年に退職し、国立療養所長島愛生園に転職した。

得子の妹、糸の長男池畑博彦も少し前に長島愛生園に就職していた。二人の就職には、得子が、愛生園の園長と親しくしていたことが関係していると推測する。

愛生園は、昭和五年に開設された。初代園長は病理学者として世界的に著名な光田健輔氏で、生涯をハンセン病の撲滅に捧げた。

吉田家は、昭和七年に、新店舗兼住宅を新設して、ラジオ商を本格的に開始した。関治、得子の二人とも、近隣各地の小学校教員を歴任しているので、教え子たちを中心に得意先が順調に広がっていった。

得子は、愛生園ができた裳掛村の尋常高等小学校に二年間勤務しており、地元の有力者と交流があったことなどから、愛生園でもラジオの売り込みに成功したと思われる。園内には、家族で独立家屋に住む患者たちも多かったので、ラジオがよく売れた。

得子は、光田園長とも親しくなっていたので、甥の池畑博彦や正富瑞圃を送り込むのに役立ったのではないかと推測する。

得子は、光田園長からたびたび欧米諸国の郵便切手を貰ってきていた。私は、小学校高学年のころ、自宅の物置に明治時代からの手紙や葉書がたくさんあるのを見つけた。その切手が珍しいので、はがして集めていた。

そのことを、光田園長に話したところ、外国切手をたくさんくださった。光田園長は海外の人達との交流で受取る手紙がたくさんあったようだ。（吉田堅・談）

5月18日　郡婦協会長会議を開き、県婦協退会、備前地区大会の中止等決議する。

6月2日（木）晴　関治と得子上京

気使ひ居たりし天候も上々、お弁当にすしつくりて河原へもおくる。一時出発、岡山にて用事して、急行安芸にて東上、照夫さんに世話になる。汽車の中も都合よく過ぎ、富士山もよく見る。

6月3日（金）晴　東京駅着

九時八分東京駅着。堅迎えに出でくれゐて日銀へ行き休み、三越十時に開会パイプオルガンをきゝ、伸びゆく電波展を見、レーダーの実験をみる。余興を見て帰宅する。

6月4日（土）晴　シネラマを見る

昼食を早くすませ、（夫と）ふみ子と三人出かけ、神田にて堅と出逢い案内して貰う。帝劇にてシネラマ*を見て、国会の傍聴、三宅坂を歩き、新宿にて靴を買いて帰宅。

＊大型スクリーン映画。臨場感はあったが普及しなかった。

6月5日（日）晴　千恵子発熱

早く起きて支度して、堅夫婦は伊豆地方へ旅行に出る。千恵子風邪のため熱八度五分出でて医師をよぶ。水枕もりてぬれて困る。（夫は）一人歌舞伎座へ行きて帰られ天神湯へ行きて貰う。

6月6日（月）曇晴　小熊秀子さん泊る

晴れたり曇ったりにて、洗濯物干くに手間どる。千恵子は熱下りてうれし。湯屋へ行きて見る。小熊秀子さん来りてとまる。

6月7日（火）晴　堅等帰る

早く起きて朝食をすませ、八時過秀子さん出かける。千恵子平熱にてよく遊び昼食あまたとる。多摩御陵と片山の墓地へ参らる。堅等かえる。

6月8日（水）雨晴　日劇へ

朝雨降りにて昨日迄の二人の旅行の晴天をよろこぶ。雨

岡山県邑久郡婦人会皇居清掃奉仕記念、二重橋前。前列右端が得子　昭和30年9月29日

支度して、ゆるりと日劇へ出かけ、おえんさんと劇を見る。百貨店めぐりをする。午後晴れる。

6月9日（木）晴　伊香保へ

ゆるゆる支度して出かけ、上野駅より伊香保をさして出発。榛名湖迄登り雄大なる眺望を満喫して、伊香保一福旅館に落ちつく。

6月10日（金）晴　下山

霧のため眺望一切なし。朝より帰る旅人はなく、借切の如き電車にて下山する。修学旅行等にて汽車こみいたりしが高崎よりすく。早く帰宅して休む。

6月11日（土）曇雨　帰り支度

いづこへも出ず家にて休み、帰り支度する。ふみ子お友達の誕生日のおよばれに行く。幼稚園見に行く。夕食すまして帰る頃雨となる。

6月12日（日）晴　帰宅

大垣を過ぎて夜明け、米原にて洗顔、京都にて朝の弁当を買う。汽車にては初めてという熟睡をとりて、つかれもなく愉快の旅にて、岡山に十一時十六分に着。下村へ土産物を送るべく田中さんに托しに行き、西大寺へ帰りて昼食とり、鶴海行にて帰る。四時なり。

6月20日 二十世紀最大の皆既日食ありて世界を挙げて観測準備している。

7月11日 電気掃除機持ち来たりしも思わしくなし。

7月28日 天日風呂にビニール張りて熱くなりて水さして浴す。

7月30日 朝倉和子さん錦海号視察の打ち合わせに来たり下さる。

8月21日 紅白歌合戦出場のため尾張へ。

9月26日~29日 宮城奉仕（宮内庁、赤坂離宮）。→三十日江の島、鎌倉。

10月30日 鉄道の測量いづこを通るかについて関心深く皆噂し合う。

12月12日 婦人参政権十周年記念大会開催の相談あり。

12月21日 今日より初めてバス停車するためここより出岡さる。

12月31日（土）晴　歳末所感

お正月支度の煮物をつくりてより肥持ちする。ラジオ注文取りに来る。色々年末の行事心ゆく迄する。今年は、とても幸福な年だった。春の旅行、夏の進水式参観、秋の皇居勤労奉仕と数えて行けば大きな事から自分の思ふ事と殆どが叶った。郡婦人会の牛窓研修会も皆よろこんで貰った。瑞圃の就職は、石佛がよろこんだ。来年も、このように幸福なれといのる。上笠加バス停留場も。

*

昭和三十一年（一九五六）の日記は欠落。

◯…昭和32年（1957）

1月1日（火）晴　元旦

七時に起きて朝祝する。午前十時よりテレビ放送ありて大勢見に来る。年賀状の返事を局まで持ちゆく。夜もおそく迄、上笠加より見に来る。

1月2日（水）曇　テレビを見に来る

朝より曇り居てもなかなかふりもせず。石佛より弟夫婦テレビを見に来り夕方まで居る。大下より大勢来る。山口母子バスより下りて見てかへる。夜は上笠加連中来る。

1月3日（木）晴　婚礼の打合せ

静かなる正月日和なり。石佛より道子・香苗の二人テレビ見に来る。下笠加小坂先生へ婚礼の打合せに行き、河原へもよる。大勢テレビ見に来たりし人にみかんを出す。

1月5日（土）晴　レスリングのテレビ見に来る

今日も暖かし。下村よりの暮の往復はがき今日つく。レスリングのテレビ大勢見に来る。瑞圃夫婦、谷尻へ行くとてよる。

1月8日　公民館結婚式万事都合よく終了。

1月9日　汽車測量に来る。

1月12日　測量大勢来る。

1月15日　テレビは子供を断り大人本意にする。

1月22日（火）晴　相撲見の客

今日も冷たかりしも太陽は温かく照る。山陰は大雪との事なり。木の葉かきに行きて、かれほこ折る。相撲見のテレビ客庭一ぱいとなる。宗ちゃん色々の相談とて来る。

2月3日　こたつにてテレビ見てのんきなる事うれしと思う。

2月4日　町主催保育講習、邑久中講堂いっぱい三百人の受講者にて盛会なり。

2月11日　ツベルクリン注射。　↓十四日レントゲン撮影、機械故障。

3月5日　社会教育研究大会何事も都合よく運ぶ、邑久町のファッション好評を博す。

3月20日　婦人学級で町議会傍聴と社教研究会両方につとめて忙し。

3月27日　日赤奉仕団幹部研修会のため出岡する。

4月1日　児童福祉推進委員会とて尾張へ出る。

4月5日　倉工の野球見るもの庭一ぱい来る。

6月5日　幼稚園児テレビ見に来る。

6月9日　早慶戦ナイター見る客大勢来る。

7月1日　岸首相の帰朝のテレビ見る。

7月5日（金）晴曇小雨　堅転勤

田のひえぬきする。堅大阪支店へ転勤の辞令二日に出たりと端書来る。清水さんに電話する。

7月25日　岡山へ、田畑理事長に面接、知事に会う必要を感じ電話にて交渉、新庁舎にて面接をよく頼む。

9月6日　自転車の鑑札付けかえあり。

10月18日（金）晴　国鉄移転家屋の集会

お宮の掃除に行き忠魂碑の前する。松茸三本ひきて帰る。一時より国鉄移転家屋の集会*するとの事に急ぎ魚買ひに行きて帰る。

*国鉄赤穂線の新設で家屋が線路にかかって移転が必要になる者たちの集会。

10月23日（水）晴　堅より電気洗濯機来る

朝中、畠の手入れする。朝晩肥持ちする。晩方、文さんと東山へ茸狩に行き松茸一本のみあり。堅より電気洗濯機来る。

11月6日（水）晴　国鉄より家屋調査

国鉄より家の調査に来るとの事に片附けをする。美玉より、田中さんテレビつけるとの事教え来りしため、オンキョウの荷を開きてシャープと比べて見る。

11月8日（金）晴　家屋調査

北池*へメリヤス足袋類を持ち行きて、横田さん宅にて買ひ帰りし苺の苗を植える。家屋調査に大勢来る。こちらの意のある所を申入れおく。いね刈り始める。

*笠加村東方の集落名。

12月23日　岡山テレビ局開局記念日。

12月24日　堅よりプレゼント届き直に食べ始めて喜ぶ。

12月31日（火）晴　歳末所感

いよいよ歳末となりて、何となく心忙し。色々の取片附けもあれども、ときわ*へ買物に行き、煮〆つくりすます。瑞圃、平田のテレビの調子を見に来りくれて、田芋を持ち帰らす。

*箕輪にある食料雑貨店。

○…昭和33年（1958）

1月7日（火）晴　国鉄被害者集会
魚屋、岡山土産に頼みおきしかき忘れ居て、明日是非と頼みおく。今日は、とても寒中とは思はれぬ暖かさなり。午後、国鉄被害者の集会に来よとの事に町役場へ行く。

1月18日　第一回婦人学級開講。三十八人出席にて先ず好成績なり。

1月29日　テレビ国会放送あり、番くるわせあり困らる。

2月4日　八ミリ見せてもらう。

3月8日　地上げ砂ひろげ作業（新築の屋敷、一月から数回）。

3月23日（日）曇後晴　土地買収
国鉄より土地買収について、農協へ出張して終日かゝる。終りてテレビの相撲優勝仕合を見てかえる。私鉄ストのため足をとられしためとて、夜に入りて帰らる。

3月24日（月）晴暖　堅に端書出す
いといと暖かくて、五月頃の如く汗さえにじむ。砂をひろげるに一日かゝりて大分はかどる。堅名儀の田宅地国鉄買上げ、調印について堅の処へ行くというため端書を出す。

4月1日（火）曇晴　結婚記念日
四十五年結婚記念日を赤飯炊きて祝ひ午後は金光様*へ参る。文子さんつれになり八丁の邑久上橋を初めて渡りて参り移転無事を祈る。

＊西方の吉井川を渡った先に金光教の教会所があった。得子の信仰は仏教のほか金光教、黒住教と多彩だった。（吉田堅・談）

4月3日（木）雨　婦人会長辞任
ひなまつり雨にて悪し。午後二時より役員会の心配したりしも、人数そろひ予定通、由江さんに会長を渡し安心する。

4月11日　電気釜にて初めて炊飯する。

4月14日（月）曇　家の設計・契約
家の設計について終日かゝりて相談する。林氏、夜おそく来り、いよいよ契約書つくる。電気冷蔵庫をあける。

4月19日（土）晴　地鎮祭

地鎮祭を珍らしき日蝕の最中に挙げる。小笠原等にて金環蝕にて、テレビにて見る。ちょうはり入れて屋敷らしくなる。砂足らずトラックを頼みに行く。

5月9日（金）晴　国鉄より土地代金貰う

西宮*より母の日の贈物、例年の通り送り来る。建前祝の心用意にあれこれと仕度する。国鉄より土地代を貰い、田地の代金すむ。

＊堅らの住む日銀家族寮のあるところ。

5月11日（日）曇雨　建前

六時に建前時刻とて大工さん早くより来りて用意する。供物して、おみきを上げて、景気よく建てゝくれる。時々雨ふる。五時より祝席にする処、雨となりて家をかたづけて始める。

昭和33年の家屋移転工事記録

5月20日（火）半晴　家引きの用意

今日も、大工も左官も来らず。家引きの用意に色々の植かえする。新築の東側へずらりとうえる。博彦女の子をつれてラジオの修理に来る。足のいたみやゝよくなる。

6月10日（火）晴　家移転開始

早く起きて御飯を炊き、家引来る用意する。六人来り瓦を先ず下す。つゆさん手伝にと来りしも、かんなくづの仕末のみさせ持ち帰らす。アサ子手伝てもらう。電工来りて電気工事し、散宿所は旧宅の取はづしする。大工は三時のお八つ、うどん食べて帰る。初めて新居に寝る。

6月14日（土）晴　家移転

県道のきわ迄家を引きスレート屋根をはぐ。十六日より箕輪の橋を通すときゝ急に夜ひく事を決め、大急ぎにて夕食の用意する。幸い土曜日のため、アサちゃん手伝ってくれる。テレビ、宮城まり子の自叙伝を見せる。

6月16日（月）晴　新住宅完成

家引き終了したりしため、大工二人来りて土台を入れる。家引は道具の片附けおそく迄する。一人瓦すりする。夕立の用意したりしも来らず助かる。今日より、みのわの橋通り、トラックほこり立てゝ困る。美玉より端書来る。

＊自宅店舗を県道の反対側に移転する「家引き」をこの年に実行した。まず、新しい敷地に住宅部分を新築し、引っ越しした。元の建物は、二階部分をコロで移動し、二日がかりで県道を越えて反対側に移転、新しい住宅部分に接続して完成した。（吉田堅・談）

7月16日（水）晴　土地を寄附

深井氏選挙の礼まわりに来られ、簡易駅に土地寄附するとして、申請を亀山代議士に頼みて貰うよう約束する。

＊もと店舗住宅のあった土地で、国鉄に買収された残りの土地を寄付して簡易駅を設置してもらう運動をした。実現しなかった。（吉田堅・談）

7月17日～8月7日、8月12日～20日　記述なし。

9月7日　甲子園へ行くバス朝六十台も続く、倉工の応援団なり。

9月21日　敬老会の来賓として招かれ一日つとめる。

9月28日　大工さん来たりて台所を建てる支度をする。土師の皇居勤労奉仕団出発の日なるが、関東地区の水害にてなしと思う。

11月20日（木）晴　千鶴さん急死

畑のもの移植初め居たりしに宗ちゃん来り、千鶴＊さんの急死を告げ、昨日逢って帰りしばかりに驚ろく。午後は、稲を束ばねる。

＊関治の甥・山口正徳の妻

11月22日（土）曇後晴　大下の葬儀

髪を洗う。石佛より電気こたつことづける。新米の御飯を炊く。大下の葬儀又寒し。後の経営について色々協議するためおそくなる。

11月27日（木）晴　皇太子婚約発表

風呂しまい洗濯する。掃きそうぢもする。十時よりの皇室会議にて皇太子妃決まり発表され、正田美智子嬢と、テレビにてみ、民間よりの驚きを一同かたる。

12月31日（水）雨　歳末所感

雨天となりて、予定通りの行動取れず困る。藤原大工来りてドアの窓明けしてくれる。神棚も上げてくれ、万事斉ひてうれし。石佛より、香苗お餅を持ち来りくれる。アサ子は掃除に来る。原田師来り、お花活けて下さる。農協へも。和正さん来り、洋服屋へオーバーの注文につれていく。太田久一氏の話にゆく。

○…昭和34年（1959）

3月23日　夫体調不良にて一人で旅行に

四国一周旅行に何となく心臓の加減わるきため、医師の診察乞い見合わした方が良いだらうとの指示に、三月二十日中止の申し込みをして、折角準備万端出来上がっているのだから行って来いとのすすめで一人出発する事に決めた。

いたづきし　夫は家居に　あが一人
　旅立つあした　うらかなしかり

3月24日〜28日　フェリーボートにて宇高航路。金平－松山－道後温泉－高知－室戸－徳島。

4月10日　皇太子殿下ご成婚のテレビ見る

皇太子殿下ご成婚のテレビ放送を早朝より正午まで部落の方たち親族の者たちと楽しく見、夜も十時まで常の如く視聴。お風呂に入りて就寝。

4月11日　夫逝去

六時発病。午後七時五分逝去。心筋梗塞病。僅か十三時間の看病にて永別。悲しみの極み。

いたづきと　言えど一日も　休まずて
　逝きにし夫を　まことと思うや
八十路まで　生きたきものよ　生きてよと
　かたらいしことも　うたかたにして
向い山　松のあい間に　おくつきの
　白き花輪を　見ればおもほゆ
一人居て　淋しからんと　人は言えど
　夫亡き事の　まことと思えで
解く衣の　うつり香にふと　亡き夫の
　世にます如き　心地こそすれ
何ごとも　語り合ひては　運びしを
　壁に向かいて　空ろなるもの

夫関治の葬儀。前列右から得子、堅、正富紀子、吉田美玉　昭和34年4月

4月23日　県議選挙

投票の　入場券を　取り出せば
　またも手にふる　亡き夫のもの

4月24日　五月四日まで山口アサ子、五日より正富香苗交代にて泊りくれる。

5月13日　孫の土産

孫たちは　次に帰省の　お土産は
　手乗り文鳥よと　げんまんせしに

5月24日　三十二年会延期

三十二年会（三十二年の邑久町の婦人会長）四月にと予定の処、夫の死により延期せる。

6月11日　月命日

とりどりの　花あまた持ちて　おくつきに
　もうでて長き　物語する

7月11日　月命日

午後晴天となり堅帰宅して長靴履きて墓参する。一人居を気づかい度々帰宅する。

7月30日　紀勢線全通

紀勢線全通の祝賀会ありときく。かねてより全通の暁は白浜温泉、瀞八丁等に遊び伊勢参宮へと永年楽しみにして居たもの、十八年もかかって開通との事。長き夢だった筈。

11月24日　岡山婦人協議会創立十周年記念式

岡山婦人協議会創立十周年記念式*に参列して

表彰の　列に加わり　我もまた
　そのすぎこしを　なつかしみ祝ぐ

＊この頁に新聞記事の切り抜き添付あり。「岡山県婦協十周年大会　四十三人に感謝状」の見出しで、吉田得子（邑久郡）の名前も載っている。

○…昭和35年（1960）

1月28日　クリーナーにて掃除する。

2月1日　国鉄より買戻しの宅地の事決める。

2月22日　尾張駐在所より古物商として、死亡届の未提出について話に来る。警察に出頭、始末書書きて提出。

3月10日　清宮貴子内親王の島津氏との結婚式テレビ放送を見る。

3月18日（金）晴　墓参

墓参して、畠へ色々植物する。おそくなり昼食二時。髪洗いて、三時よりパーマに行く。こみ居て暮れしが、香苗来りくれ居たり。

3月19日（土）晴　剛一の結婚式

早く起きて仕度。香苗は帰らして出岡。剛一の結婚式に参列する。岡山市公民館にて。宴会は田中氏の娘さんの宅にて盛会なり。隣よりおすし貰う。石佛よりお餅。

3月21日（月）雨後曇　香苗終業式

雨も止む。香苗は終業式にて登校する。おそく帰る。ゑんどうのさゝえする。

4月11日（月）晴　夫関治の一周忌

祥月命日にて墓参する。石佛よりお祥月のお供におぼた持ち来りくれる。片山の水道工事あとの道直しに一日出合う。アサちゃん久しぶりに泊る。去年の思い出新なり。

4月15日（金）晴　東京へ

早く起きて支度する。十一時十五分出発。山口母子見送りてくれる。他の人は、町議不在投票をして行く。一人早くより岡山駅に出る。つくしにて五時五十五分出発する。秋豊夫婦も来り楽しく出かける。

4月16日（土）曇後晴　熱海・箱根・江の島

夜行列車にては何時もの通り安眠出来ず。熱海にて入浴。朝食の後海岸を散歩。箱根に登る。雲の切目に度々富士山見え一同よろこぶ。江の島に登り、旅館にて一同会食し安眠する。

4月17日（日）晴　鎌倉・都内観光

早く起きて出発。鎌倉をよく見学する。東京駅より荷物を宿へ送り、観光バスにて都内観光へ行く。

4月18日（月）晴　奉仕

早朝より起きて支度する。第一日の奉仕、天候よくて先発にする。宮内庁病院へ病人をつれて行く。

4月19日（火）晴　奉仕

七時出発。上野より明治神宮に参拝。大宮御所の奉仕。皇太子の新御殿を見る。東京タワー*に登りて満足する。

＊昭和三十三年十二月二十三日竣工。

4月20日（水）雨　靖国神社参拝

夜より雨となる。靖国神社参拝。観閲あり。三越へ行く。

4月21日（木）晴　奉仕

途中より徒歩にて靖国神社に詣り、奉仕にかゝる前、義宮様を見送る。両陛下をも送る。浅草見物。宿かわる。

4月22日（金）晴　国際劇場

早くより起きて支度する。正午まで休みてより、都電にて国際劇場へ春のおどり見に行く。

4月23日（土）晴　成田山・動物園

上野駅迄徒歩にて出、成田さんへ参る。上野動物園にて秋豊はぐれて困る。夜行にて帰途につく。つかれずてよし。

4月24日（日）晴　帰宅

名古屋にて夜は明け、関ヶ原古戦場など色々話つゝ、琵琶湖も眺め、京都にて汽車弁もらい、大阪駅にて堅に逢い、楽しく岡山に帰りつく。天満屋にて買物し、三時前帰宅。花さんおすし下さる。

5月2日　バス全部前を通る事となりにぎやかなり。

5月18日〜21日　神戸・九州旅行。

6月7日（火）晴　堅、運転免許取得

昨日書きし堅への手紙投函すると引違に堅より手紙来る。すばらしき成績にて自動車免状とれたりと言ひて。

得子を囲んで左から芙美子、美玉、千恵子。
邑久町の実家にて　昭和35年10月

6月16日（木）曇小雨曇　安保闘争（樺美智子の死）

夜の国会外、暴動のニュースに眠れず、朝久しく休む。ぶどうの棚よくする。畠の芋うゑする。堅より雑誌来る。

6月18日　田をトラクター引く。

6月24日　腹痛。往診してもらう。

7月7日　ふるいて医師呼ぶ、レントゲンと便の検査、がんの心配なし。

7月9日　バイオリン小学校へ寄付と決めておく。

7月14日　岸首相総裁辞職直後刺され入院する。

9月20日（火）晴　堅転勤

夜、雨降りて、朝は晴天となる。堅より手紙来り、転勤近き模様なり。

＊福岡支店の係長に転勤。

9月22日　皇太子殿下渡米使節出発のテレビ見る。

10月4日　婦人学級にて新かなづかいを学ぶ。

10月9日　ＮＨＫの交響楽団の演奏を聞きに学校へ行く。

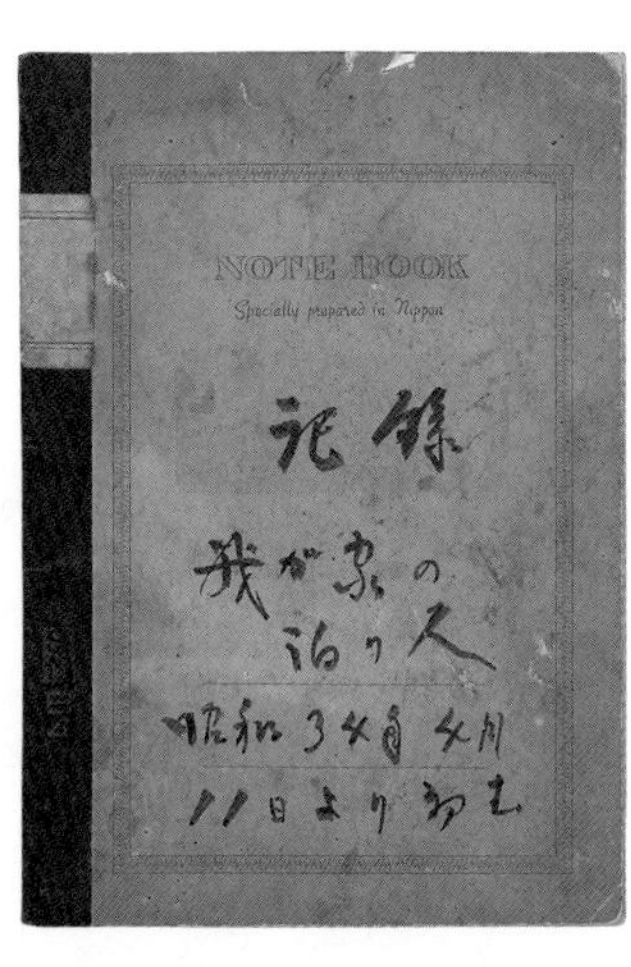

昭和34年4月以降の泊り人記録

10月28日　国鉄残地補償の交渉をする。　↓十二月二十三日補償金四万七千五円。

12月31日（土）晴　歳末所感

とても寒き風吹く。里芋ほりて指切れる程いたむ。やゝ風なぎしを見定めて、尾張へ魚、お節用品買いに出かけ料理にかゝる。石仏よりおもち持ち来りくれる。夜も、おそうぢ等用意しておそく迄かゝる。床に入りて紅白歌合戦見る。紀ちゃん泊りに来てくれる。正月早々より事多き年なりしも、数々の旅行も出来、万事幸運の年なりし事、私にとっても黄金の年だった。否々ダイヤモンドの年だった。あまりにも勿体ない生活を送り得る事を日々感謝しつゝ送った。来る年も健康に幸多き生活に恵まれますようと祈りつゝ除夜の鐘をきゝつゝ。床の中にて。

○…昭和36年（1961）

1月29日　自衛隊の車十八台通。

2月2日　長岡地震。

2月3日（金）晴　一人寝る事になれる

早く起きて支度し、太田花さんと話してより学芸会見に行く。閉会四時の後、木の葉かきに行く。雨近きようの予報のため用意する。一人ねる事もよくなれる。

＊夫が亡くなった後、得子一人で寝る事が出来なくて、弟秋豊の妻・紀子とその娘の香苗、関治の妹・露の娘山口アサ子らが交代で泊まりにきてくれていた。高校生の香苗は最も多く泊まって世話してくれていたように思う。それが一年八ヵ月過ぎてようやく一人で寝るようになった。

（吉田堅・談）

2月23日（木）晴　表彰の内報

朝いたく冷たし。紀ちゃん自分で目さます。朝の内に木の葉かきに行き、かれほこも折る。冷え冷えとして外の仕事せず内に居る。校長来られ、二五日社教大会に功労者として委員会表彰との内報あり。夕方、正式の案内状来る。夜おそく迄色々考える。

2月25日（土）晴　表彰式

九時半開会の時か、午後の行事前かに表彰式をするとの事なれ共、あまり早く出席するも考え物なれば、十時出かける。社会教育研究発表大会らしく盛大なる会なり。裳掛浜子供会との表彰式、答辞をのべる。花器をもらった。藤原さんに泊って貰う。

3月30日（木）晴　北山氏葬儀

北山芳太郎氏の不慮の災死に、夜眠られず昼寝一寸する。香苗、山の手伝に来りくれ登山、木の葉かく。葬儀参列のため帰る。紀さんも来り手伝くれる。坂根*へ夕方出かける。

＊弟・正富秋豊の妻・紀子の実家の集落名。

4月7日（金）晴　道子商売繁昌

表の庭の火鉢の灰を取り出す。道子さん来りて店の改造するとの事に石仏へ行く。次第に商売繁昌の事うれしき事なり。

4月12日（水）雨風晴　有人宇宙飛行

ソ連、人間宇宙船をあげたるニュース報道に驚ろく。回収に感動して、テレビにも特別番組放送する。ガガーリン少佐。

4月18日　国鉄残地補償金分配について集会ある。

5月7日　自転車の降りがけにころげて足けがする、夜激しき地震あり驚く。

5月27日　堅より手紙来る、芙美子の高校制服写真入れて。

5月30日（火）～6月14日（水）　北海道方面旅行。札幌－層雲峡－北見－阿寒湖－白老－登別温泉（瀧本館）－洞爺湖（萬世閣）－大沼湖－湯川温泉（明月園）－函館（臥牛山）－十和田湖。

6月18日（日）晴　国鉄レール敷く

アサちゃんにお灸をすえてもらう。田の鍬代一日がかりにてすます。美玉より小包の礼状来る。午後三時より、宅

洞爺湖畔にて　昭和36年6月8日

の前地に国鉄のレール敷き片山道まで延びる。

7月13日（木）晴　石佛、店舗改造

早く、吉井よりラジオ取りに来りくれしため、石佛へ昼食を持ちて出かける。店舗の改造よく出来いてうれし。夕食よばれ、風呂にも入りて、瑞圃の車にて送りて貰う。

＊甥の瑞圃は昭和三十年に長島愛生園に転職し厚生事務官として勤務していた。父の秋豊は吉田ラジオ店の後継のような形で電気店をやっていた。その店の改造を得子は見に行った。昭和三十七年瑞圃は愛生園を退職して電気商を本格的に引き継ぐことになった。三種の神器といわれたテレビ、洗濯機、掃除機が普及で商売は順調に発展。「有限会社とみや商事」に改めて、国鉄赤穂線の邑久駅近くに本店の新店舗を開店。支店も増やして「東芝ストアー」として拡大していった。（吉田堅・談）

8月26日　秋豊と瑞圃来たり家の県道移転について相談する。

＊県道を拡幅するため、道路側の店舗部分を移転する案が出てきた。

9月29日（金）晴　福岡の堅の家へ

五時より起きて支度にかゝり、いよいよ一番バスにて出かけ、天満屋にてマスカットと菓子を買いて駅に行き、佐藤さんに逢い、照ちゃんに世話になり、十一時三十分かめに乗る。汽車は乗客少なくゆっくりなり。踏切事故あり十分おくれて七時過ぎてつく。堅に迎えられ家に行く。

9月30日（土）晴　休養

美玉は、お土産持ちて出かける。わけぎ植、種蒔きしておく。どこへも出かけず休養をとる。明日の運動会のため、お弁当つくりしたり。

10月1日（日）曇晴　運動会

芙美子を早く起してやる。運動会のため。九時迄にタクシーにて、中央高校の運動会見に到着する。テントの中にてよろし。昼食後、堅と出かけ市内遊覧バスに乗り、堅は又学校へ行き、岩田屋デパートにて土産物を買いて一人帰宅する。

10月2日（月）晴　長崎へ

早く起きて支度し、堅とタクシーにて博多駅まで出る。長崎行急行雲仙に乗る。乗客あふれ車掌室に腰かける。長崎県営遊覧バスにてまわり、佐世保へ行きて旅館前田に泊る。

10月3日（火）晴　九十九島

夜通し車の音はげしくて、よく眠れず。早く一応起きて天候を見る。よくなぎいて、台風は支那海方面へと判断して予定たてる。九時半の観光バスにて楽しき時を過す。九十九島の観光船はとてもよく満足する。冷房装置の車内も程暑きほどの由なり。予定通り帰宅する。

10月4日（水）晴　太宰府

朝、庭のそうぢをすっかりしてやる。太宰府観光バスに乗りに出かける時、バス乗りちがえる。大型バスに僅か七人の客にてもったいないなし。心ゆくまで観光して満足する。板付飛行場を一まわりする。夜汽車の中にて、日本アルプスに行く大学生と話して楽しかり。

10月27日　三谷の池切れしとて大水、北池大水、石仏へ電話で様子を聞く、商品はどうにか上げたりと。

11月1日　高□山くずれの惨状を聞く。

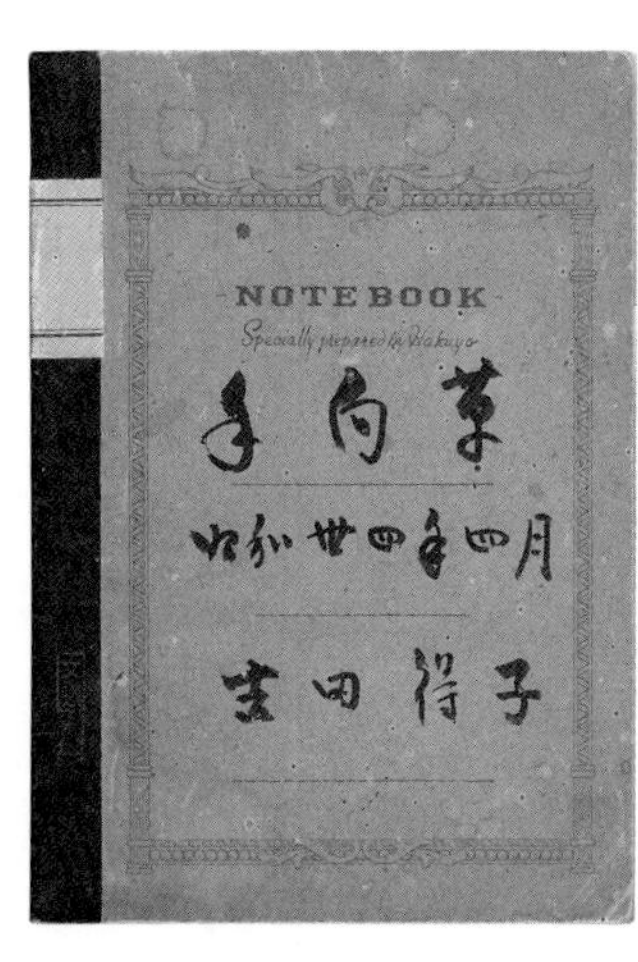

手向草。得子日記の空白を埋める貴重な記録である

11月29日　レントゲン撮ってもらう、ペルテス病*とて子供の病気との事。

＊大腿骨骨頭にある軟骨に変形が生ずる病気。

12月14日　夜通し自働車の通行にやかましくて困る。

12月27日　朝左の足立たなくなり腰の痛みもあり這って便所へ行く。

12月31日（日）晴　歳末所感

アサ子ちゃん、すっかり掃除してくれ、色々正月用意も手伝して帰る。朝は大霜にて冷たかりしも、やがて暖かくなり、おにしめつくるによかりし。木の葉もすっかり干きて片附く。大富へ行く前、よし子ちゃんのお守してやる。お節料理終りて一休み、こたつに当る。夕方髪洗いする。足のいたづき以外、すべてに幸多き年なりし事を神仏に感謝してお供する。テレビ・ラジオ、十二時迄視聴する。

＊

昨年（平成二十九年）堅氏からまだ手元に残っていたノート六冊を寄贈された。その中にメモ書きの様な一冊のノート「手向草」があった。関治が亡くなった昭和三十四年の日記である。とびとび乍ら、和歌を織り込んだ日記風メモノートで、続けて昭和三十四年、三十七年、三十九年、四十年、四十一年の覚書も記載されていた。また同時に寄贈された「記録　我が家の泊り人」にも昭和四十三年、四十四年、四十五年、四十八年、四十九年の覚書が記載されていた。この期間の日記は堅氏の処分で全く残っていない。量は少ないが貴重な記録なので、ここに併せて収録することとする。

○…昭和37年（1962）

9月1日　赤穂線開通

待望の赤穂線全通今日なりて始発通過は床ぬちに聞く。

赤穂線車中にて。右から千恵子、得子、芙美子　昭和37年11月11日

テープ張れる　祝典列車を　歓迎の
　学童の旗　猛暑に映えて
そのかみの　姿止めず　古屋敷
　鉄路を走る　機動車すさまじ

○…昭和39年（1964）

1月12日〜14日　農協信連バス旅行

農協信連主催バス旅行参加、宮本氏と。
二本杖　つく身となれど　バスなれば
　伊勢参宮の　旅路につける
名神高速道路に尼ヶ崎より入る。伊勢神宮―豊川稲荷―熱田の宮へ。
　天かける　心地にも似て　夢のごと
　高速道路の　ドライブうれしむ

○…昭和40年（1965）

1月1日　元旦

新しき　歳を迎えて　一人居の
　われにもいみじき　幸をおもほゆ

1月15日　とみや尾張店の創業

成人の日より三日間展示会。とみや尾張店の創業。東芝宣伝カーに乗りて円張、仁生田、田□、大橋、向山、大富、福中、宗三、百田、福元、箕輪、上笠加、北池、下笠加、山田庄、尾張、千町、佐井田、下山田、上山田、西浦、小津、粟利郷、尻海、敷井、庄田、福谷、虫明、佐山、飯井、須恵、土佐、大土井とまわる。多数の出店者あり。夜は披露宴、馳走一切もらひて送りてもらう。

在りし日に　育てたまひし　「とみや」なる
　吾が生まれ家の　栄うれしき

1月29日　堅、金沢支店に栄転

ブルバード、雪解けて運転、届けてもらうとの事。北海路の冬の天候の悪き日多き事のみ気使はるゝも前橋の半の距離に居る事こよなく気強く思う。

＊日銀前橋支店課長から金沢支店課長に転勤。前橋で中古のブルーバードを入手していた。岡山までの距離が半分になることを気強く思った。（吉田堅・談）

4月11日　片山小千代米寿の祝い

命日で日曜日なので好都合と考えて、片山小千代姉上の米寿の祝宴の催した。色々の意味で書き入れ時の四月であるため不参加者五名出来たが、集まって下さった方は近年長寿に恵まれた世代となったとは言え、八十八歳高齢はなかなか得られないもの、有難い事だといって盛大に祝って下さった。

4月18日　邑久町公民館落成祝賀記念会

過ぎし三十三年国鉄赤穂線のため移転工事落成記念として公民館建設資金の一部にと壱萬円寄付したる寄付者としての招待あり。出席する。

5月7日　有線放送開始

邑久町農業協同組合立有線放送開通（十月七日より公設電話と開通する）。有放手数料・深夜電話十円。

6月16日　京都より墓参に来る
吉田健男、良子、真咲、文子、小林敏子。
8月3日～5日　富士登山旅行に出発
昨年八月富士スバルライン完成して五合目まで車で登れるようになり一人で参加。
10月9日～10日　三朝温泉へ
幼な友達と三朝温泉へ二人旅。
11月20日　病気になる
ひょっこり夕方発病して皆さんのお世話になって運よく快復した。一週間で平常に帰ったが、この後とて何時病気しないとも限らない。どうしても時岡一家に同居をして貰って老後の世話をお願いするよう祈った。

○…昭和41年（1966）

2月18日　堅帰る
神戸支店にて会議あり、堅帰る。
2月19日　とみやの車で
とみや車で秋豊と私を乗せて八幡宮に詣で大下へ行きて今後の事をお願いさす。
4月12日　時岡一家移転
川崎武志氏と宗夫君の奉仕にて荷物を運んでもらい恵まれたる晴天に前途を祝福されたる心地にて移転を決行してもらう。隣家への挨拶土産配りも順調に今後の交際についても井上源吾氏によく依頼して安堵する。老後のお世話をみていただける事は堅はもとより親族一同隣家まで大安心していただける幸運に恵まれた私である事、神仏に感謝の他ない。

＊時岡昭夫は関治の母・志加の姉の孫で、大下に住んでいた。得子は昭夫一家に同居をお願いして実現した。得子の家族、親類一同にとって嬉しいことだった。時岡一家には、もと店舗だった県道側の一・二階に住んでもらった。数年後県道拡幅のため店舗部分を再度移動、母屋の東側に接続して長く住んでもらった。得子は亡くなる前の年ごろから時々食事を時岡良子さんに作ってもらっていた。昭夫は親が「てるお」と読ませたので、日記には時々「照夫」と書いている。宗夫は弟。　（吉田堅・談）

10月22日　堅の勤務地金沢へ行く。

晩年の得子　昭和42年

○…昭和43年（1968）

5月4日　美玉の母上四月二十九日夕方事故にあい骨折入院。

7月1日　県道拡張について

淳風校へ行く。町役場へ二人出かけ嘉数町長に県道拡張について色々頼みおく。

○…昭和44年（1969）

3月10日　堅帰る

県道のつけ方見る。堅、瑞圃と一しょに中銀によりて貸入について面会してやる。町役場に行き町長助役等に面会する。相沢課長の車に乗せて頂き県土木事務所へ。下村の母上に面会によせてもらう。とても元気に暮し居るゝを見て大いに安堵する。土木事務所長、守時課長、江本係長と面会交渉。丼の昼食頂く。堅、課長に駅迄送ってもらいてわかれ一人家迄送りて頂く。*

＊家が県道拡幅にかかる問題。

9月14日　結婚前の墓参のため帰郷。*親族まわりもすます。

＊得子の初孫にあたる芙美子が帰省。

○…昭和45年（1970）

9月20日　前の田を売ってもらう希望申込のため外出。

9月21日　夢二記念館*へ行きしも休館日なり。

＊竹久夢二の生家が記念館になっている。得子の実家と同じ集落にある。
＊県道の拡幅により、この年四月、県道側の二階部分を母屋の反対側に再移転した。二度にわたる家屋移転は、国鉄赤穂線敷設と県道拡幅のため実施せざるを得なかった。二度とも家をコロに乗せて少しずつ移動するため長期間かかり、大きな負担だった。
（吉田堅・談）

◯…昭和48年（1973）

4月29日　堅帰る。昭さんも墓参。わらび折る。

◯…昭和49年（1974）

1月2日　畑の仕事初めする。

1月19日（土）晴　よくころげる
よくころげるようになりてこまる。充分注意しなくては困ると思う。髪を洗いて。

1月23日　国会中継テレビで見る。

1月27日　川柳大会早くより支度する、すばらしき大会なり。

2月15日　家にて一度うらにて二度こけて困る。

2月18日（月）夕方こけて頭より出血
昭さんに銀行に行き金引き出してもらひ子供の日お祝い用意したりしに風邪にて中止になると電話あり。夕方こけて頭より出血。大さわぎする。風呂にも入らず。

2月19日　畑物の整理する。巨人阪神戦、巨人一勝にて面目をほどこす。

3月18日（月）晴　彼岸入りおぼた作る
彼岸入りにておぼた作る。私きなこ、照さんあんこにて墓参してより出勤さる。まさ子さんに鮎、モナカをもらう。

3月30日（土）晴　堅帰る
予報より早く堅夕方タクシーにて帰る。とみやへおそいと言っていたのでまだ留守だった。一日休暇をとって帰ってくれて眼鏡買いに行きてもらう事にする。

前列左から曾孫弘明、得子。後列左から孫芙美子、弟秋豊　昭和49年5月

4月17日（水）晴　芙美子帰ると手紙来る

堅より手紙来たりて芙美子二十一日に弘坊連れて来るとの事にて一寸驚く。四時間しかいないとて勿体ないと思い、□□を頼み夜堅へ電話して一夜泊らすように言ってもらう。矢張泊まらぬ事に話決まりたりと夜知らせてくる。□□のナイター初めとてラジオとテレビみる。巨人阪神にて面白い試合する。

＊得子は晩年熱烈なプロ野球のファンだった。若いころから野球が好きだった。当時は野球に興味を持つ女性は珍しかったと思う。私が小学校の低学年の頃、夏の甲子園での中学野球大会の県予選の一部が近くの西大寺球場で開かれた時、母の自転車に乗せられて応援に行った記憶がある。夫関治が亡くなり、自分の対外的交際も次第に少なくなってから、プロ野球の放送をテレビやラジオでよく聞くようになった。ひいきは巨人だった。地元では阪神ファンが多く、巨人は少ない。なぜ巨人が好きなのかと尋ねたところ「巨人には外人が少ない」という。その頃は確かに巨人には外人は少なかった。新聞の折り込み広告の裏に毎試合ごとの得点表を書く。ピッチャーは誰、ここでだれがホームランを打ったなどいろいろ書き記していた。貰った巨人土産グッズを床の間に飾って喜んでいた。野球中継を最後まで見たある夜中に、得子が心臓発作を起こしてかかりつけの医者に往診してもらった。幸いに大事にならなかったがその原因はどうやら前夜のナイターで巨人が大敗したことであったらしい。それから私も巨人を応援するようになった。（吉田堅・談）

4月27日　敬老会なれど欠席する。家にいてテレビ見る。

5月7日　納屋の後を始末する、だいぶ仕事出来るようになりてうれし。

5月12日（日）晴　芙美子、曾孫来る
晴天となりてよし。つくしにて西大寺よりタクシーにて帰る。弘坊（曾孫）苺をよろこびてちぎる、かしこい、かわいらしい子なり。昼食もせず一生懸命おいたする。昼夜ゆっくりする間も油断ならず。元気でねと握手して帰りし姿まぶたに焼きいて離れず。うれしき半日なり。

6月4日　きゅうりの間引き。
6月6日　にんにくぬきする。
6月7日、8日、9日、14日、15日、18日、7月10日、14日〜18日　畑。
7月21日　オールスター第一戦、パ軍勝つ、サヨナラホーマーにて。
8月6日　広島原爆記念日の放送あり。
8月9日　ニクソン退陣の放送を聞いて眠りたり。

8月10日（土）晴　墓参に堅帰る
五時より起きて台所の片づけする。（略）床と宮間の花いける。堅墓参に帰りてくれる。

*堅は昭和四十六年（一九七一）に日銀大阪支店調査役となり、西宮市の寮に単身赴任中。得子の体調に不安が生じたこの年には毎月一回、一泊で帰省していた

9月20日　墓参の際木の根につまづきてより足重くなる、車まで担いでもらう。
9月22日　堅ポータブルトイレや便所の掃除一生懸命してくれる。
9月29日　初めて老人年金もらい町役場へ良子さん頼む。
11月5日　千恵子（孫）の結婚式にて終日千恵子の事を思う。
11月6日　打ちたる頭いたむ、何もせず休養する。

11月11日（月）晴　田中首相会見
昭さん墓掃除に行く。田中首相記者会見放送あり。

11月18日（月）晴　手紙を東京へ出す
はげしく寒くなる。東京へ手紙かく。

＊

堅は十一月一日付で本店勤務となり、十日すぎに赴任。この手紙十一月二十五日に堅に届く。十一月二十六日得子死去。

得子の婦人会活動

島　利栄子

はじめに

平成八年、吉田堅さんから最初に送付頂いた膨大な日記の中に二冊の冊子が入っていた。日記原本に関心が集中してしまい、その小さな冊子に注意を向けることはないまま、二十年の歳月が流れてしまった。

この度「得子日記戦後編」を編集するために頂いた資料をもう一度点検した中に、終戦後の得子の婦人会活動の足跡を示す貴重な資料があった。次の二冊である。

『わかくさ　笠加婦人会情報第五号』は邑久町（現・瀬戸内市）笠加婦人会が昭和三十一年に発行したものである。A５判で本文五八頁に付録八頁が付いたボリューム。いわゆるガリ版刷りの手作りの冊子で、中には手書きのイラストや地図、図版もありセピア色に日焼けしたページからはほのぼのした当時の雰囲気が伝わってくる。奥付の発行者名に吉田得子の名前がある。『吉田得子婦人会活動の記録　昭和27年~昭和36年』は、堅さんが『わかくさ』の昭和二十七年から三十六年までの得子の挨拶部分だけを抜き出して一冊にまとめたものである。

この二冊は、堅さんが得子の死後五年くらいたった時に大量の遺品を片づけた際、婦人会活動の資料の中から重要だと思ったものをまとめ、保存しておいたという。堅さんの処理能力と、母親への愛情と、そして価値あるものを見分ける判断力が、この二冊を後世に残してくれたのだ。婦人会関係の二冊の冊子を紐解きながら、得子日記と照らし合わせて、得子の婦人会活動の足跡を追ってみたい。それによって終戦後の女性の暮らしと生き方を具体的に理解することができるだろう。

第一章　得子日記と『わかくさ』（笠加婦人会機関誌）

昭和二十年八月、大日本帝国はポツダム宣言受諾により解体し、新しい民主主義の日本国に生まれ変わった。戦争に協力していた大日本婦人会も自然解消した。男女同権を基とする新しい婦人会が必要とされ、全国で保守・革新さまざまな婦人団体が結成された。戦後の混乱処理には、何より婦人の力が必要であり、そのために婦人の自覚と団結、そして教養習得、更に従来の家庭生活の検討・改革が求められたのである。

ここでは「再建期」（昭和二十一～二十六年）と「本格的活動期」（昭和二十七～三十三年）へと二つに分けて概略を辿って行こう。区分の仕方は様々な資料を参考に、特にここでは得子が『わかくさ』（笠加婦人会機関誌）を創刊した昭和二十七年を区切りの分岐点に据えた。

再建期の中心課題はなお残る戦後処理といえる。敗戦の痛手による男子の虚脱状態にあるとき、その欠を補う女性の活動には目をみはるものがあった。生活の混乱からのヤミ物資の横行、抑留軍人の内地帰還、戦犯の釈放。そして新法と現実のギャップが大きい新家族制度問題。婦人の地位の向上の為の教育・啓蒙、新しい婦人会リーダーの養成など、戦後の混乱した世相の中で現実に密着した課題に対処しつつ、ＧＨＱ（連合国軍最高司令官総司令部）などの指導に戸惑いながら婦人会活動の在り方を模索していった時期である。

本格的活動期にはなお緊迫している家庭生活の再建、特に身の回りの衛生問題や生活環境の整備、家族計画・結婚改善運動などが活動の中心となった。そして地域の婦人会組織をつなぐような形で昭和二十七年七月には「全国地域婦人団体連絡協議会」が結成された。さらに婦人会館設立、昭和二十九年のビキニ水爆実験第五福竜丸被曝事件を受けて原水爆禁止運動にも取り組むようになる。婦人会活動は質量ともに国家的重要課題に対処せねばならず多様化していくこととなる。

この度の解説は、得子が会長を務めた時期の婦人会活動に限っている。あくまでも得子日記に記された場面を切り取っての解説に過ぎず、かつ記述内容が少ないために詳細不明な場合が多いことを申し述べておきたい。

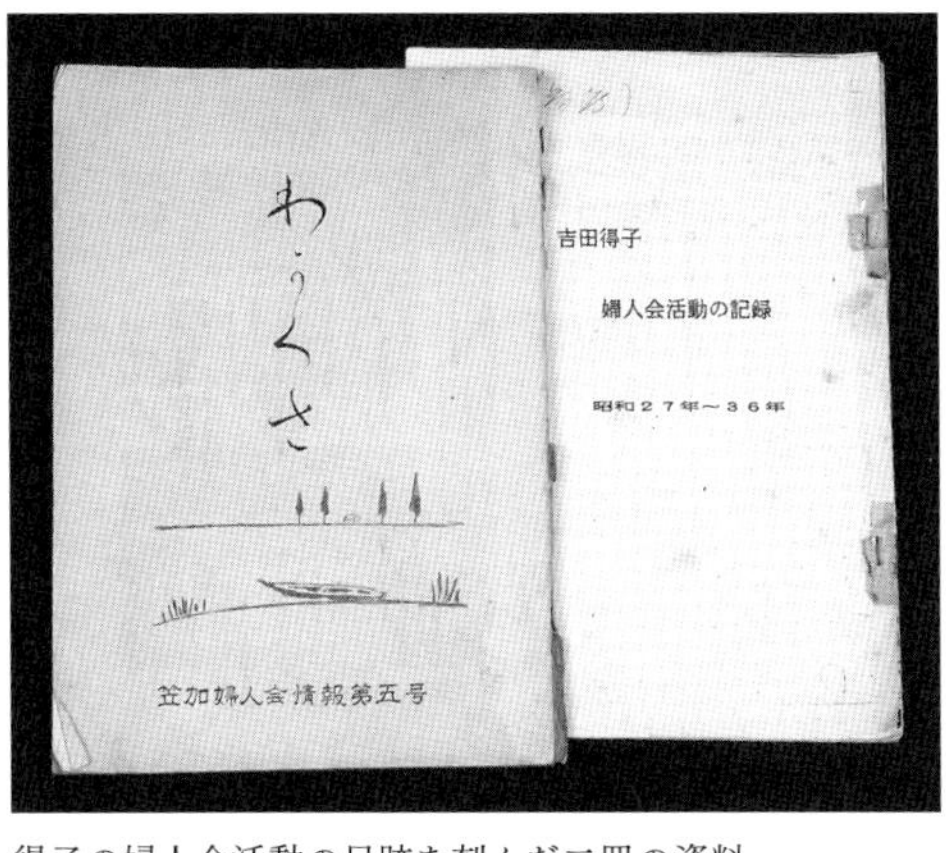

得子の婦人会活動の足跡を刻んだ二冊の資料

○…再建期—昭和二十一～二十六年

昭和二十一年

得子日記から拾うと、インフレ激しく旧券通用禁止で混乱も起き、親戚の人が戦病死したり復員したり、終戦後の社会情勢の激変、人心も定まらない様子が見て取れる。情報や娯楽のためにラジオは必需品であり、得子夫妻のラジオ店は修理等に忙殺された。そんな中で得子の周辺に大きな変化が起きる。二月二十四日「婦人会結成会開催」とあり得子は婦人会長に推挙された。三月十一日「役場で村長と将来について相談。敬老会についても」とあり、五月二十七日「招魂祭にて婦人会長として玉串奉典する」。十一月三日「新憲法発布記念式典参列」の記述も見える。

昭和二十二年

四月二十日「参議院選挙の立会人」とある。これは婦人参政権が認められ初めての参議院選挙で、三十九名の婦人議員が誕生し世を沸かせた。この熱狂は得子をも揺り動かしたとみえ、続いて「女七名の村会議員候補者資格審査願い出す」、二十五日「婦人会役員会を開く。村会議員に婦人よりも出馬をと一同熱望あり」とあり、得子は村議会議員選挙に出馬を決意し、二十六日に立候補の届出をし、五月一日当選を果たす。五日には憲法祝賀式に参列。九日は初村会出席とある。が、六月六日に最愛の母が亡くなり悲嘆にくれた年でもあった。

昭和二十三年

「主婦連合会」が結成された年で、得子も邑久郡、岡山県の連合婦人会結成のための東奔西走の日々が続く。村議会議員としても一月二十二日「夜村会ありて遅くなる」、四月九日「村議会あり、二十三年度予算可決」の記述が見える。村予算を討議したり婦人議員会で岡山へ出かけることもあった。

昭和二十四年

多様化するさまざまな場面に婦人会もかり出されるようになり、得子もますます忙しくなった。村会議員として四月九日「村議会新年度予算の膨大なるためにねりにねる。学校給食の予算にてもめる」。十月十七日「村会始まる。二日かかると言ふを夜までかかりて済まして貰ひ夕食共にして解散」、十一月九日「夜緊急村議会あり」と議会が活発な様子が伝わる。五月五日「婦人会総会。祈願祭、慰霊祭を終えて総会開く」、十二月十三日「尾張の婦人会。海外同胞引き揚げ促進運動についての相談会」とあり、婦人会では戦争で夫や家族を亡くして大きな傷を負っている会員の対策も重要だったことが分かる。ちなみにこの戦争による戦争未亡人は約五十万人と言われる。六月十四日「学校再編成審議会出席のため地方事務所へゆく」と忙しい。

昭和二十五年

六月二十五日に「北鮮南へ□□□めたり」とあり、朝鮮動乱勃発を記述している。更に日記で拾うと村議会は三月三十一日、七月七日、八月三十一日と続き、六月二日には「八時より村会あり、放送に出るため出岡す。五時より」とある。婦人会関係は四月四日「婦人会総会のため終日働く」、五月八日「県婦人協議会発会日とて忙しく働く」、九日「台所改善組合の調査に来り写真とる」、十一日「山陽新聞貯蓄組合の記事となる」、五月二十九日「邑久郡連合婦人会の総会及び役員会のため邑久高校へ行く」と続く。十二月十五日「村長問題について相談。十二月二十七日村長選挙の準備する」と村のリーダーとしての存在感が増している様子が見て取れる。

昭和二十六年

得子日記に九月五日「サンフランシスコ講和会議よりの中継放送あり」と記述がある。さらに日記で順を追って拾うと、一月九日「村議会にて移動大学申し込みを可決して貰ふ」、二月四日「笠加村青年団発会式」、二月六日「生活改善講演会、盛会なり」と次々新しい活動が始まる。村議会は三月十二日、三月三十一日、四月十一日とあり、四月十一日は最後の村会。得子は四年の村会議員の任期を終えた。婦人会の記述は三月十七日「県婦協の役員会」、三月二十六日「生活改善者規約制定について役場に行く」、二十七日「決定」とある。七月十九日、八月七日「赤十字奉仕団の理事会」があった。九月二十三日「移動大学講座婦人問題にて大分出席ありてよろし」、十月五日「共同募金の赤い羽根売りを婦人会にて奉仕する」と活動が広がっていく。

○…本格的活動期―昭和二十七～三十三年

昭和二十七年

全国の自治体を三分の一に減らそうという国の「昭和の大合併」構想を受けて、邑久地域六ヶ村も合併に向かう。日記には合併の記述が続く。一月八日「六ヶ村合併について協議会にて邑久高校へ参る」、二月二十五日「村議会にて六ヶ村合併、邑久町とする決議」、四月一日「邑久町開庁式に中学校へ出かける」と婦人会長として晴れやかな顔が見えるようだ。婦人会として二月三日「移動大学終講」、二月十八日「未亡人会発起者会の案内状を出す」。続いて八月二十三日「発会十九名」とある。三月十三日「受胎調節の講話あり」、四月八日「母親クラブの件につき相談に行く」、七月十九日「厚生省保育係長母親クラブの視察」。十月五日「教育委員の選挙県と町二つなり。当番につき終日世話する」と活発に動いている。特筆すべきは、この年に笠加婦人会機関誌『わかくさ』を創刊したことである。

『わかくさ』に於ける得子の挨拶はその当時の世相や婦人会活動の様子が実に分かりやすくまとめられているので、以下、引用していくこととする。

『わかくさ創刊号』の得子の挨拶文は以下の通り。

終戦後色々の混乱から目まぐるしい生活にとても暗い日常を送りましたが、だんだん平和日本文化国家への道が開けて参りいよく講和の年ともなりました事は私共衷心よりよろこびと致します。

戦後再出発致しました我笠加村婦人会も年と共に発展して参りましたが、この度講和記念になる邑久村、福田村、今城村、豊原村、本庄村、笠加村の六ヶ村合併により四月一日生れ出る邑久町に当然邑久町婦人会笠加支部となる事と存じます。他の支部会員達とも此の後仲よく手を取り合って互いに研磨し前進致しましょう。

将来色々勉強して頂く為の一歩踏み出しにと昭和二十六年の歩みの一端を記録して頂き併せて有志の玉稿も頂戴してプリントにしてお配りいたします。

今後会員の皆様に発奮して頂いて会誌を発行する事が出来たらと楽しい夢をえがいています。どうか皆様御勉強下さいませ。

（昭和二十七年三月）

昭和二十八年

日記に一月二十一日「婦人学級開校式」、二月一日「邑久町商工会発会式ありて出席」、二月十五日「邑久町成人祝賀会に参加」、三月二十一日「台所を改善したため見学者次々に来る」、四月五日「会長会議出席。婦人会館二百万円補助定まりたるため協議」、九月十一日「新聞記者結婚式簡素化の問題にて来る」、二十一日「水道式ポンプの初使用うれし。今日より普通に電気使用出来、精米する」とある。自ら台所改善を行った。先駆者としての意地を見せる。

『わかくさ二号』に次のように書いた。

（略）さて、講和発効後第一年を迎えまして、私共婦人が深く考えなければならない事が多々あると存じます。終戦後日本婦人が社会と家庭で得たもの与えられたものとして、婦人の地位と人権があります。法により与えられ、認められたものですが、これを身につけて行くには個人としてはどの様な生き方をしたらよいでせうか。婦人が真に愛され尊敬され平等な生活をして行かうとするには相当な努力が要ります。
人は誰でも二十四時間中働らき通す事は出来ませんから一日を如何に働らき、如何に勉強し、如何に楽しみ、如何に眠るかという事が大切な在り方だと思ひます。農村の婦人には朝から晩まで忙しい〱と言って何の修養もせず、何の娯楽もなく、只働らくだけで早く老い込んで仕舞ふ者が多いやうに思はれます。此様な状態を何時迄も続けて行ったのでは、折角与えられた地位も人権も身につかず地におちて仕舞いませう。どうしても私達婦人はお互に手を取り合って向上を計り、夫にはよき相談相手となり、子女にはよき教育者となり、明るい幸福な家庭を営み得る女性となって、自ら地位も人権も確立されますようつとめませう。

（昭和二十八年三月）

昭和二十九年

この年は夫の関治が体調を崩し日記には関係の記述が多い。そんな中で婦人会関係の記述も続く。一月三十一日「第一回婦人学級」、二月二十二日「学校のＰＴＡの研究発表会手伝い」、二月二十三日「民生委員の講習」、四月十四日「女性大会のため出岡」、四月十九日「日赤奉仕団会議」、七月二十三日「公民館委員会」とある。九月三十日「下村へよる。婦人会館の出来上がりを見に行く。立派なもの出来上がりゐたり」とある。「婦人会館」とは、全国的に県単位で婦人の教養を高め、自発的な学習や活動を推進するための拠点を作る動きであり、岡山県下婦人会も婦人会館設立に向け二十万人の会員が一人十円募金を行うなどして建設に取り組んだ。十二月十三日「結婚相談所を婦人会にて開設する」と新しい試みが目を引く。
『わかくさ三号』に次の挨拶が載っている。

会員の皆様、謹みて新年の御挨拶を申上げます。わかくさもようやく三才の新春を迎えましてどうやらよちよち一人歩きが出来そうになりました。諺に「三つ児の魂百まで。」とやら。最も大切な年頃と存ぜられます。会員の教養に、子女の教育に、家族の健康和楽の泉に大きくは社会国家に貢献し得る百年の成長を見るも、修業半に夭折の憂目を見るも、将たまた社会に無用の長物たる不良児となるも、一つに私共会員の努力如何にかかっているものと思います。どうか皆様講演会、講習、座談会等にはつとめて出席し、時間を見てはラジオを聴取し、新聞雑誌その他良書を購読し、見学視察により見聞をひろめ文化を吸収し、栄養食を研究し家族の健康増進を計り、生活改善合理化により常に家計を豊かにし、精神修養につとめ日々を感謝で暮し家庭を明るく楽園とする等、日進月歩の文化におくれぬようおつとめ下さいますと共に是等の体験をどしどしご投稿下さいまして、大きくわかくさ百年成長の礎をお築き下さいますようお願い致します。（略）

（昭和二十九年一月）

昭和三十年

日記には一月六日「結婚簡素化の条文案を刷りて貰い午後配りて回る」、二月二十二日「PTAの両親学級と併せて婦人学級を開き、給食の試食する」、七月二十八日「天日風呂にビニール張りて熱くなりて水さして浴す」、九月二十六日～二十九日「宮城奉仕」、十二月十二日「婦人参政権十周年記念大会開催の相談あり」。

『わかくさ四号』には以下の一文がある。

（略）昨年の打ち続く台風禍に加えて打ち寄せるデフレの波に農村経済は全く行きつまりの現状にあります時、一家経済の支柱を担う私共は此時こそ日頃の研修を活かして確固たる信念の基に打開策を講じなくてはなりません。

先づ年間計画を樹立検討し無用の失費を厳にいましめ今月お配りした「一日十円貯金しましょう」の貯金箱に節約の都度お忘れなくお入れ下さいまして、常に貯蓄に心がけ万一に備えましょう。

近来叫ばれていますす新生活運動の一環としてわが邑久町にとりあげています結婚簡素合理化運動も当面して居らっしゃる方々は是非々々御協力下さいまして、冗費を省き経済安定の基礎をお計り下さいませ。

猶本年は衆議院議員総選挙及地方選挙が次々と行われます為、公明選挙が叫ばれて居ますが、政治性に乏しいと言われる婦人とは申せ、相当に啓蒙されていらっしゃる筈の笠加婦人会の皆様は、勿論棄権せず而も正しい選挙を遂行なさいます事を信じて疑いませんが、猶公正明朗選挙を期するため、日々、新聞紙の報道、ラヂオの放送等を充分注意して、国政はどの政党に託すべきか、候補者を誰を信頼すべきか等々、充分に勉強し自主性を持った投票を致しましょう。そして台所に直結する地方自治にも常に関心を持ちましょう。（略）　（昭和三十年一月二十日）

なおこの冊子には「生産、消費を合理化　岡山県　農村新生運動展開へ」という一文があり、当時の世相、農村の問題点、目標が伺え興味深い。筆者不明である。

生産、消費を合理化　岡山県　農村新生運動展開へ

岡山県ではデフレの浸透に加えて、昨年産米の凶作が農家経済の危機を招いているので、このほど新たに「農村新生運動要綱」をつくり、生産経済の合理化、消費の節約に乗出すことにした。この運動には、県農業会議、市町村団体、農協諸団体、教育庁、県商工会議所連合会、県婦人問題懇話会、県青年協議会など参加。一月から三月までを趣旨の徹底と計画の樹立期間、四月から六月までを実行運動第一期、七月から九月までを同第二期、十月から本年産米の収穫の終る十二月までを第三期としてつぎの新生運動を展開するもの。

◇生産経済の合理化

1・本年度の収支計算をして早く翌年度の営農設計をたて、計画の実行をはかるため極力農家簿記をつける。

2・堆キュウ肥を増産して肥料の自給をはかるととも（一行欠落）をたてる。

3・余剰労力で中小家畜の飼育増、農産物加工、薪炭など山村生産の増加を図り農家現金収入を増す。

◇消費の節約

1・結婚式の簡素化、結納全廃、披露宴の経費節約を図り、晴着は役場、農協の出資により二、三着の貸衣装を用

意して安価で利用できるようにする。

2・葬式会葬者のうち血縁でないものは会席せず、又経費も極力節約して香典返しも全廃に努める。

3・米一日一合の節約を図り、その代わりに極力麦を混ぜるほか、パン、メン類を適宜取入れる。

興味深いのは、ここに続いて吉田堅の手による「お金持になるには」が掲載されている。得子が銀行に勤める息子に先進的な経済話の執筆を薦めたのであろう。要点は衣生活の改善への進言で、堅は化繊製品を衣生活にもっと使う事を勧めている。

昭和三十一年

日記は欠落。『わかくさ五号』の得子挨拶は以下の通り。

（略）扨て本年は申年。今更干支なんか非科学的な事をと存じますが、私は猿についてはとても関心を持つ由来がございます。幼少の頃祖父から「庚申様の三猿を世渡りの守神としなさい。悪い事は見ざる聞かざる言わざるに限る。この三猿を守れば絶対に失敗は無い」と耳にたこの出る程聞かされましたから!! 所が現代は是では足らなくなりました。悪い事は勿論三猿ですが、よい事を見た上にも見（読む事も）、聞いた上にも聞き、そして十分に言う（意見発表）と補足しなくては処世の落伍者となる事をしみぐ悟るようになりました。

昔から日本の女性は「言語多きは品少し」といって人前ではしとやかに無口である事が上品とされて居ましたが、今後の婦人は家庭に於いても社会に出ても正しき意見は十分発表しなくてはなりません。発表して自分の意見を家庭に、社会に取り入れて貰ってこそ生甲斐のある幸福な生活を営むことができます。それには、婦人会の集いに出席して正しき理解を得るようお互に研修し、講演も聞き、視察もする等婦人会活動に常に協力する事が大切と思います。そして一人一人が健康を護り日日天地神明に感謝の誠を捧げて家業に精励しましたら一家はもとより地域社会のよりよい幸福が与えられ住みよい理想郷建設の礎となり得ると思います。

会員の皆様、悪い事はすべてを庚申様の三猿に、良い事はどしどしよく見、よく聞き、よく言う事につとめてよりよい家庭、住みよい社会の建設に盡しましょう。


(昭和三十一年一月十日)

昭和三十二年

得子日記には、赤穂線敷設工事の測量が始まり家屋移転にあたり大騒ぎであり、その関係の記述が多い。また一月一日「テレビ放送ありて大勢見に来る」、五日「レスリングのテレビ大勢見に来る」、十五日「テレビは子供を断り大人本意にする」、二十二日「相撲見のテレビ客庭一ぱいとなる」、六月五日「幼稚園児テレビ見に来る」と、テレビが入り大人気となっていることが記される。ちなみに昭和二十八年にNHKが初めてテレビ放送を開始していた。婦人会関係は以下の通りである。二月四日「町主催保育講習、邑久中講堂いっぱい三百人の受講者にて盛会なり」。二月二十二日、三月九日同。三月二十日「婦人学級で町議会傍聴と社教研究会両方につとめて忙し」、同二十七日「日赤奉仕団幹部研修会のため出岡する」、四月一日「児童福祉推進委員会とて尾張へ出る」。

『わかくさ六号』にある得子挨拶は以下の通り。


(略) 戦後久しく苦難の道を辿って居ました我が国も、平和文化の復興漸くなり、ソ連との国交復活し、国連加盟も実現して、世界の舞台に活躍出来るようになりました事、まことにうれしい事でございます。

昨年は九州地方の風水害、北海道地方の冷害等局部的災害はありましたが、全国的にいって二年続きの豊作に恵まれ、神武以来の好景気と伝えられておりますが、それは貿易商工業地帯及び都市方面のことのように思われます。農業地帯にあっては十一月十日の降雨以来、去る一月十日の小雨まで未曾有の旱魃に麦作は収穫皆無、又は減収を免れないと予想されます今日、好景気の宣伝に惑うことなく経済を引きしめて行かなくてはなりません。此の時に当り一家の経済を預る私達婦人は麦作増収に研究努力すると共に酪農、養豚、養鶏、内職等多角経営に協力し、一方年間家計の予算をたてゝ家計簿の記入に努め行きつまることのないよう、重責を果しましょうではございませんか。

健康上栄養をとるため食費の極度節約は出来ませんが、住居費、被服費、学用品、お八つ等節約可能な面が多々あると思います。幸い本年の家計簿を多数の方が購入して下さいましたから、充分研究御利用下さい。家計簿記の研究会をお開きになれば改良普及所から御指導にお出で下さることになっています。新生活運動の一環としてわかくさ第五号でおすゝめした天日風呂を簡易水道完通を機に十七戸設備申込をなさいましたことはとても結構な事と思います。

（略）

（昭和三十二年一月十五日）

昭和三十三年

五月から六月にかけて、赤穂鉄道敷設のため家屋移転工事が始まる。得子日記にはこの関連の記述が多い。そのために得子は十二年間務めた婦人会長を辞める。婦人会については一月十八日「第一回婦人学級開講。三十八人出席にて先ず好成績なり」、九月二十八日「土師の皇居勤労奉仕団出発の日なるが、関東地区の水害にてなしと思う」と記述は極めて少ない。四月三日に「由江さんに会長を渡し安心する」と婦人会長を辞めたことが短く記述されている。

『わかくさ七号』の得子挨拶は以下の通りである。

宇宙世紀第二年の新春おめでとうございます。（略）扨て二十世紀といわないでわざわざ宇宙世紀と申上げて新しがりやを気取ったわけではございません。世を挙げてミサイル時代、オートメーション時代等々……と種々叫ばれて居りましても、刺激に乏しい農村にのんびり暮して居る身には、何だか別の世界の事のように無関心といってよい状態でしたが、一九五七年一二月二三日一七時四五分、ソ連人工衛星第二号が美しい鮮光を放って頭上を飛ぶのをまのあたり見た瞬間、宇宙時代だ‼ 宇宙世紀だ‼ と驚嘆しました。宇宙旅行も夢ではない。遠からず月世界への旅行も可能かも知れない、火星の土地を買う人も笑えないかも知れないような気持になりました。

かくも人智の進んだ時代に日々小さな〳〵問題に俗にいう「重箱の隅をほじくる」ような生活をして居てはどうにもならない。何事も勉強々々‼ 男も女も老いも若きも勉強しなくてはならないのだと痛感しました。

×　×　×　×

未曾有の敗戦後、アメリカさんの啓蒙により昭和二一年二月二四日自主的発足をしました笠加（村）婦人会の会長を、私のような至らぬ者が拝命しまして今日まで六期間、大きな失敗もなくお世話させていただき得ました事は各方面の懇切なる御指導と会員諸姉の絶大なる御協力の賜に他ならない事を厚く〳〵御礼申上げます。

かゝる時代に老齢の身で猶会員諸姉の御勉強を阻害することは申しわけございません。次期は必ず壮齢有為の方を選出下さいまして十二分の勉強され理想の地域社会構成、幸福なる文化生活の出来ますようお願申上げます。私も一会員として老体に鞭打って勉強させて頂く決意でございますから、お見限りなく手をひいてやって下さい。

（昭和三十三年一月十五日）

『わかくさ八号』には「前会長感謝式」の一文が掲載されている。四月二十六日の日付。書いたのは新会長・吉田由江である。

十二年という長い年月をわが婦人会の為にひとすじに生きられた吉田得子会長がこの度御勇退になりましたので、地区会員一同集い、淳風小学校に於いて、感謝式を行いました。つづいて茶話会に移り、先生をお送りする御挨拶や短歌の朗詠があり、すぎ去ったあの日、この日の思い出話にたのしいひとときをすごし、一同先生の御多幸を祈りつゝ散会しました。

茲に感謝式に朗読されました謝辞をかゝげ、先生の御功績を讃えたいと思います。

＊謝辞＊

葉桜の蔭懐かしい晩春の候となりました。

皆々様にはすでにご承知の御事と存じますが、吉田先生には去る三月、婦人会長を御勇退になりました。

日頃御主人様の御理解を豊富にお集めになりました先生には、英敏なる御頭脳と旺盛なる精神力を持たれまして各方面にご活躍になりました。殊に終戦後は思想の大混乱が起きますや、これが救済は婦人奮起以外にないと、以来今日に到るまで、十二ヶ年、実に一日の如く一意専心婦人会の為に御尽瘁（じんすい）下さいましたその功績は今更申すまでもありませんが、婦人会の堅い礎となって今日に到りましたその主なものを取りあげますと、岡山県婦人協議会役員として、又、郡並に町婦人協議会長として六ヶ年、その間、冠婚葬祭の簡素化は町内の最先端をもって実行にうつされました。そして貯蓄増強運動には特に力をお入れ下さいました。

又、会員体育向上に留意され、先生御発案の婦人体操及び邑久町音頭は体育祭の花と呼ばれています。

更に笠加地区婦人会歌の作成に「わかくさ」の編集にと先生のお仕事を一々とりあげますと誠に枚挙に暇がございません。実に古来稀な名会長でございました。

その誇とする名会長をお送りする事は実に花をもぎとられた感がございますが、先生には赤穂線敷設に伴う家屋移転と云う大きなお仕事がございます。この度の御勇退はそこに原因するものでございまして、本当に感慨無量のものがございます。

ここに笠加婦人会は心ばかりの誠にお粗末ながらも記念品を贈呈いたし、謝恩の微意を表したいと存じます。

どうか先生には益々御身体に御留意遊ばしまして、今後とも笠加婦人会の為に御指導賜わん事を一重にお願いする次第でございます。簡単でございますが、これをもちまして謝辞といたします。

昭和三十三年四月二十六日

笠加婦人会長　吉田由江

『わかくさ八号』より得子の挨拶「昭和三十三年を省みる記の一節」は以下の通りである。概略を記す。

昭和三十三年を省みる記の一節

その一として、婦人会長を辞し、新生会長、役員委員の素晴らしい活躍に感謝する。特に年末にバス旅行を実施したことに頼もしさを感じた。その二として赤穂線全通のために家屋が立ち退きにかかり、四月から移転に着手。百名に近い方々の助けを得て九分通り終わることが出来た。夏は涼しく冬は日当たりよく、ノーリツ風呂を入れて、据え炬燵に腰かけての読書。電気ジャーも入れて終日温かいご飯も頂け老後の幸せをしみじみ噛みしめる。その三として十一月二十七日、昭和の世代のホープ皇太子さまが民間の正田美智子さんと御婚約。その発表に国民こぞって感動。よろこびに沸いた。

（昭和三十四年一月十日）

この『わかくさ八号』が出た三ヵ月後、昭和三十四年四月、最愛の夫・関治が急逝した。得子は前年赤穂線敷設による家屋移転のために婦人会長を辞職したのではあるが、まるで虫が知らせたように潔い身の引き方であったといえる。

第二章　『昭和三十一年　わかくさ五号』より

『わかくさ五号』一冊の目次を拾ってみると、その年の婦人会の活動の様子が手に取るようにわかる。視察旅行、公民館結婚式、衛生環境改善への取り組みに実に熱心だった。得子も四本を書いて気を吐いている。

皇居勤労奉仕記念写真／御挨拶（吉田得子）／御挨拶（小田理一）／米の自由販売について（斎藤祐圓）／書道の動向（大原桂南）／公民館のうた／公民館結婚式記念写真／公民館結婚式（吉田由江）／公民館結婚式のお世話になりて（大

原元四郎）／養老院慰問の記（入江操）／婦人会幹部研修会記録（吉田由江）／南児島見学の一日（大原英子）／高野詣で（嘉数松恵）／錦海湾視察の記（井上廉志江）／進水式見学の記（三宅綾子）／郡婦人会幹部研修会に臨みて（太田花恵）／環境衛生改善模範地区視察報告*（入江操）／皇居勤労奉仕の記（吉田得子・吉田由江）／放送局見学（吉田由江）／日光見学の記（太田花恵）／義士祭行の記（太田花恵）／第三回婦人学級講座（原田愛子）／第七回婦人学級講座*（井上真佐子）／笠加地区婦人会総会／上寺山楽々園のお餅当番（吉田得子）／年頭の所感（原田三保子）／追憶（横田照子）／幸福は先ず健康（勝部喜代子）／文花*／麦作増産改善指針（笠加農協）／天日風呂*（吉田得子）／収支決算表／あとがき／(付)環境衛生モデル地区視察（吉田智恵子）

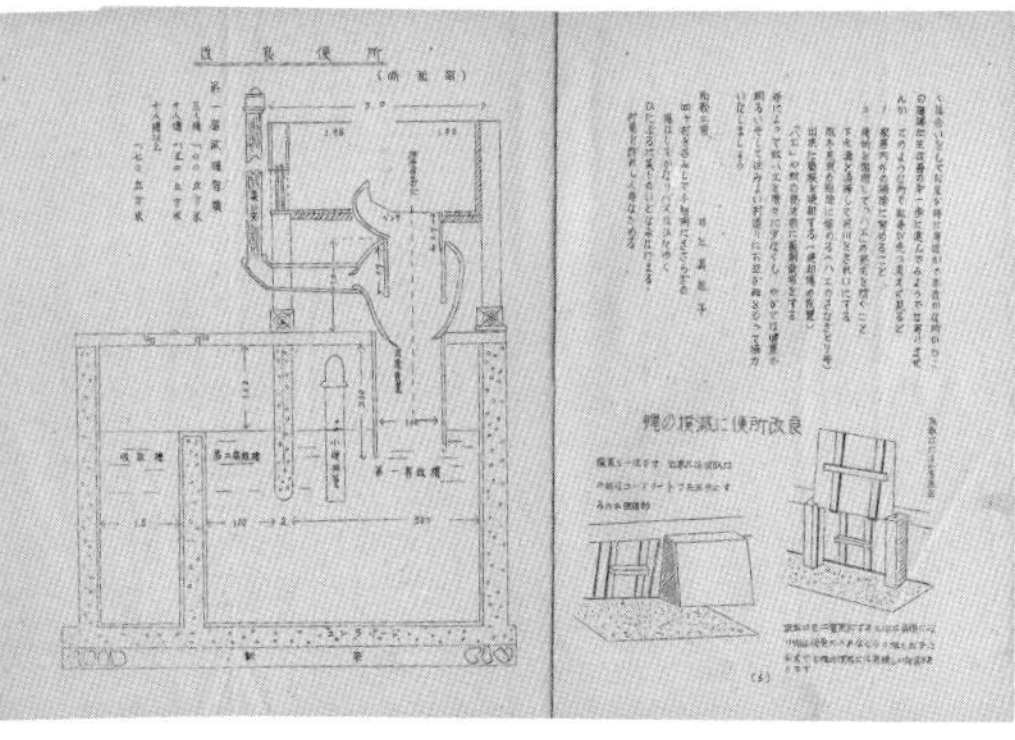

＊「環境衛生改善模範地区視察報告」では蚊と蝿のいない生活を目指している。巻末に「蝿の撲滅のための改良便所」の詳細な図面を掲載している。「第七回婦人学級講座」では調理実習の記録としてナスのムニエール、ピーマンの油炒め、大根おろしの酢の物、キュウリ・ハムの酢の物、サンドイッチ、ブドウのゼリーなどが見える。「文花」は短歌、俳句、川柳。「天日風呂」では得子は自作の天日風呂の作り方を披露し、経費もかからないと大推薦している。

第三章　まとめ

吉田得子の日記を紐解きながら、婦人会活動の足跡を追ってきた。記述は短かく、詳しくは分からないが、幸いにも笠加婦人会機関誌『わかくさ』と照らし合わせてみると、当時の活動の詳細、また得子の考えが手に取るように見えてきた。ここにいくつかを挙げておこう。

一つは当時の婦人会活動は、様々な資料を読むと、国の方針に沿ったものであったことが分かる。活動は戦後日本を再生させるために国が女性に課したもので、全国多くの婦人会が歩調を合わせるように同じ活動を繰り広げていたことが読み取れる。活動件数の多いこと、且つ多様なことは、まさに「次から次へと繰り出される」という感じであっただろう。それに懸命に努める婦人会であり、それに応える会員の熱意も生半可ではない。現在の私達が想像もできない一所懸命さで日本の再建に立ち向かっていったことが伝わってくる。

二つは得子の個性は不変であること。明治、大正、昭和と三代を生き抜いた得子は好奇心いっぱいで新しいものを吸収し、人に教え導くことが大好きだった。これは戦前までの得子日記を読みながら確認してきたことである。婦人会活動で得子が大活躍したのも彼女の天性の才あってのことであった。その能力があってこそ、得子は新生日本建設の為、婦人会のリーダーを務め得たのである。また自らも大きく花開いたといえる。

婦人会長を辞してからの得子は昭和三十四年に最大の理解者であった夫を亡くしたが、農業や川柳の勉強、旅などを楽しみ充実した晩年を過ごした。特に息子堅一家との交流は最高の喜びだったようだ。

この希代の女傑に死は突然訪れた。ある朝、同居人が起きてこない得子に声をかけて発見した。八十三歳。大往生であった。

最後に「得子の婦人会活動」以後の婦人会について一言記しておきたい。

昭和二十七年に戦後の地域の婦人会活動をつなぐようなかたちで結成されたのが「全国地域婦人団体連絡協議会」である。同会は当初は原水爆禁止運動や、沖縄返還運動など政治的な運動の色彩が強かったが、昭和四十五年頃からは電気製品の二重価格表示や、低価格化粧品「ちふれ」を世に出すなど実績を積んできた。現在組織は都道府県と政令指定都市、市町村の女性団体の五十団体が加盟している。得子の婦人会を源とするであろう「岡山県婦人協議会」も名を連ねている。

ホームページを見ると「やっぱり婦人会　いまこそ婦人会」を合言葉に「誰もが安心して生き生きと暮らせる、平和で、安心・安全な地域活動の創造に取り組む」とある。しかし現在、会員の高齢化、社会の多様化、地域の変化など乗り越える課題も山積しているように思われる。

今、私達女性に何が出来るか？「得子日記—戦後編」を読み、学ぶところは大きいのではないだろうか。

変わらぬ得子の視線——戦後の日記を中心にして

西村榮雄

この度、「吉田得子日記」戦後編を編集することになり、もう一度、戦前・戦後の日記を通読してみた。明治・大正・昭和と、時代を駆けて行った女性の、豊かな才能と、強い個性、旺盛な好奇心にあらためて敬服させられた。

吉田得子は、明治四十年二月五日から日記を書き始めている。女学校在学中である。同四十二年三月、卒業式の日の日記を見ると「倉橋、秋山の君優等にて妾次席ならむとは、少し心外なりき」、自信があったのに、裏切られた憤りをあらわにした所など、性格の一端がうかがえる。この年の四月から小学校の教師となる。

生家は裕福だったようで、ヴァイオリンをはじめ琴や三味線なども習っていた。二十歳ころの日記から思春期を追ってみると、「思はぬ日とては無きものをいかにせん」「待てど暮せど、あはれあはびの」と同じような文句が、繰り返し目につくが相手の名前は出てこない。

スポーツも好きで、体格もよかったようだ。「体重測定、十三貫四百」とある。同僚と三人で帰る途中、「かへさは三人連なり。古武嬢、梶原嬢いづれもスタイルよし。われのみあやし」と書いているが、「われのみあやし」意味深長な表現で面白い。

多感な乙女も、明治四十五年三月十四日「吉田、横山の両氏参られゐて、既でに婚約なり居らんとは」、同月二十四日「正午前、吉田、横山の二氏、結納持参さる」、四月一日「今日こそ一生に一度忘るべからざるの日なり。（中略）我が屋を出でゝ、下笠加なる吉田の宅に嫁す」。あっという間の結婚であった。二十歳の春のことである。

得子は、文学的な才能にも秀でていた。この年、明治天皇が崩御されると、読売新聞社の奉悼歌の募集に応じ、選に入って紙面に載るほど短歌の素養もあった。

女性誌『婦女界』を愛読していて、大正十五年五月号には、応募作品が掲載され、賞金十円を受け取っている。お気の毒なことに、得子は、二十一歳の七月には早産で第一子を喪い、二十三歳の七月は、女児出産の翌日に「朝の内迄保ちて安らかに眠りにつきて、一時は悲歎にくれしが、かへらぬことゝあきらむ。（略）小さきものにても、急に取り去られし心地の淋しさ、幾度思ひかえすも詮すべなれど」とあり、その心情を察すると涙を誘う一文である。産休制度などなかった時代であり、しかも、働き者の彼女は、掃除、洗濯のほか、畑仕事、田植え時には、身重の身体で苗取りや田植えまでやっている。大きなお腹を抱えて教壇に立つ姿を見て、校長から退職でも奨められたのであろうか、その頃の日記に、「校長の女教師攻撃に対する妾の発したる鋭鋒に報ゆるため、耳ざわりする迄の言あり。急に言はれ、明日の出勤も難かるべき由告げてかへる」、翌々日も「校長の言、にくし」と激怒している記載もある。その後、二十九歳になって無事長男を出産し、幸せな家庭を築いていった。

昭和四年三月、二十年間勤めた小学校の教師を退職し、翌年、夫と共に「吉田ラジオ店」を開店する。折柄、ラジオの普及率が急上昇する時期を迎え、夫婦とも教師であったから教え子も多く、セールスに励んで大繁盛したようだ。真珠湾攻撃の翌日の日記には、「ラジオの修理者と購入者、門前市をなす。すっかり売切状態にて、ことはりする」とある。

戦後は、婦人会会長や村会議員（村初めての女性議員）を務め、ますます、その能力を発揮し、輝きを増していった。

今回は、日記の中から、興味を引かれたいくつかの項目について、角度を変えて拾い出してみようと思う。

第一章　戦後の混乱期

昭和二十年（一九四五）

八月十五日「正午、重大放送あるとの事に、日ソ宣戦布告か講和かと想像しあふ。（客まねく）。工場より工員達整列してきゝに来る。大陸下の玉音にて、和を求め給ふ旨、勅ありたり」、八月二十五日「朝六時より連合軍空中より行動を初め入国とて、民心落付かず」

八年余続いた戦争が終わった。八月三十日には、マッカーサーが厚木に降り立ち、連合国軍最高司令官総司令部（ＧＨＱ）が設置され、日本は連合軍の占領下に入った。当時の暮らしは、食料、衣料、住宅が極端に不足して苦難の時期であった。

昭和二十一年（一九四六）

一月一日「八幡宮へ復員軍人無事帰還を祈る。（略）天皇陛下詔書を下し給ふ」。年が明けると、天皇は年頭の詔書で自ら神格化を否定し、「人間宣言」を行った。

一月二十九日「大下の鉄太さん復員」、二月十九日「三時正徳さん（夫の妹の長男）の戦病死の電話今城村役場よりあり驚く。毎日々々無事を祈りゐたりし甲斐もなく皆可愛相なり。みのわへ行くに忍びず旦那様に行きて貰ふ」

二月十七日「インフレ防止策発表あり」。政府は、インフレ抑制のため、「金融緊急措置令」を公布した。いわゆる預金封鎖である。三月二日「今日は、旧円通用の最後の日とて、組合に押しかける人列をなす」。新円の発行により、三月三日から旧円の流通が禁止され、混乱が起きた。

十一月三日「新憲法発布記念式典参列」。戦争を放棄し、真の民主主義国家建設を祝い、この日は各地で記念行事が行われた（施行は翌昭和二十二年五月三日）。

昭和二十二年（一九四七）

一月三十一日「マッカーサーよりスト不許可の命令出でうれし」。此の頃から労働運動など民衆運動が盛り上がり、全国労働組合共同闘争委員会が二月一日ゼネストを予定していたが、ＧＨＱがゼネストの中止命令を出した。当時の記録を見ると「全国の工場や事務所で労働者たちは、泣きながら放送を聞いた」という記述が多いが、得子が「うれし」と書いているのは興味深い。

五月二十一日「連立内閣の雲行きに関心を持つ」。四月二十五日に行われた新憲法下初の総選挙で、社会党が第一党となったが、過半数を得ることができず、社会党・民主党・国民協同党との連立により片山内閣が成立した。

昭和二十三年（一九四八）

二月十日、片山内閣が総辞職し、三月十日芦田内閣が成立した。しかし昭電事件により十月七日総辞職し、自由党の第二次吉田内閣が成立した。

十二月二十三日「六時のニュースにて東條其他七人の絞首刑、零時より執行されし事きく。感深し」。極東国際軍事裁判（東京裁判）で死刑の判決を受けたA級戦犯七名（東條英機・廣田弘毅・土肥原賢二・松井石根・武藤章・板垣征四郎・木村兵太郎）の絞首刑が執行された。

昭和二十四年（一九四九）

この年は、七月六日下山国鉄総裁事件、七月十五日三鷹事件、八月十七日松川事件と国鉄関係の事件が相次いで発生したが、日記には時事問題に関する記載はない。

昭和二十五年（一九五〇）

六月二十五日、朝鮮戦争勃発。「北鮮南へ□□□めたりとラジオにてきく」

昭和二十六年（一九五一）

九月五日「サンフランシスコ講和会議よりの中継放送あり」。九月四日からサンフランシスコ講和会議が始まり、八日に日本全権の吉田首相が対日講和条約と日米安全保障条約に調印した。

昭和二十七年（一九五二）

二月二十五日「六ヶ村合併、邑久町とする決議する」、三月二十六日「邑久町合併記念の風呂敷注文する」、四月一日「邑久町開庁式に中学校へ出かける」。邑久郡の、邑久・福田・今城・豊原・本庄・笠加の六ヶ村が合併し、邑久町となった。

十一月二十八日「池田通産相の不信任の決議可決なる場面ラジオ久しくきく」。十一月二十七日に池田通産相が衆院本会議において「中小企業の倒産自殺もやむをえない」と答弁し、翌二十八日不信任案が可決され辞任した。同相は、大蔵大臣だった昭和二十五年十二月にも「所得の少ない人は麦を食え」発言で騒ぎを起こしている。

昭和二十八年（一九五三）

二月二十八日「放送局より宣伝カー来たりて案内する」。この年の二月一日にNHK東京テレビ局が、日本初のテレビ本放送を開始した。最初は、一日四時間、受信料は月額二百円。中堅サラリーマンの月給が三万円台というのに、テレビ一台二十五万円から三十五万円位もしたので、購入者は、喫茶店・食堂・公衆浴場等が多かった。

七月二十七日、板門店で朝鮮休戦協定が調印された。

第二章　高度経済成長期

三年余り続いた朝鮮戦争は、日本経済に特需景気をもたらした。空襲により焼土と化した都市も復興が進み、やがて経済成長期を迎える。昭和三十一年に発表された経済白書は「もはや戦後ではない」と明記し、輸出の拡大もあって日本経済は急速に成長していった。新しい時代の電化製品として、三種の神器（テレビ・洗濯機・冷蔵庫）の三品目が宣伝され、吉田ラジオ店も繁盛したようである。

昭和三十二年（一九五七）

一月一日「七時に起きて朝祝する。午前十時よりテレビ放送ありて大勢見に来る。年賀状の返事を局まで持ちゆく。夜もおそく迄、上笠加より見に来る」、一月二日「石佛より弟夫婦テレビを見に来り夕方まで居る。大下より大勢来る。山口母子バスより下りて見てかへる。夜は上笠加連中来る」、一月三日「静かなる正月日和なり。石佛より道子・香苗の二人テレビ見に来る。（略）大勢テレビ見に来たりし人にみかんを出す」、一月五日「今日も暖かし。（略）レスリングのテレビ大勢見に来る」、一月二十二日「相撲見のテレビ客庭一ぱいとなる」、二月三日「こたつにてテレビ見てのんきなる事うれしと思う」、四月五日「倉工の野球見るもの庭一ぱい来る」（準々決勝倉敷工4―0高松商）、六月五日「幼稚園児テレビ見に来る」、六月九日「早慶戦ナイター見る客大勢来る」

この年の日記は、年頭からテレビに関することが数多く書かれている。高度経済成長とテレビの登場が合致し、このころから、テレビの普及率が急激に上昇していく。此の後、神武景気―岩戸景気―国民所得倍増計画―オリンピック景気―いざなぎ景気と日本経済は急成長して行った。

第三章　赤穂線の開通

昭和十一年（一九三六）に、山陽本線の迂回路として、赤穂線建設事業の計画が持ち上がり、第六九回帝国議会で承認された。昭和十三年には、相生―赤穂間が着工したが、戦争等の影響で中断していた。昭和二十四年になって、赤穂線建設を望む声があがり、国鉄は昭和二十七年から、総工費十八億円の計画で建設工事に着手した。昭和三十一年には日生（ひなせ）駅へ、三十三年には伊部（いんべ）駅へと延伸、三十七年九月一日には東岡山駅までの全線五七・四キロメートルが開通した。
この赤穂線の新設により、吉田ラジオ店は建設予定地にかかるため移転することになり、それに関する記述が日記に多くなり、当時の状況がうかがえる。

昭和二十九年（一九五四）

一月二十二日「鉄道の仮測量にぎやかなり」

昭和三十年（一九五五）

十月三十日「鉄道の測量いづこを通るかについて関心深く皆噂し合う」

昭和三十二年（一九五七）

一月九日「汽車測量に来る」、一月十二日「測量大勢来る」、十月十八日「一時より国鉄移転家屋の集会するとの事に急ぎ魚買ひに行きて帰る」、十一月六日「国鉄より家の調査に来るとの事に片附けをする」、十一月八日「家屋調査に大勢来る。こちらの意のある所を申入れおく」

昭和三十三年（一九五八）

一月七日「午後、国鉄被害者の集会に来よとの事に町役場へ行く」、三月二十三日「国鉄より土地買収について、農協へ出張して終日かゝる」、四月十四日「家の設計について終日かゝりて相談する。林氏、夜おそく来り、いよいよ契約書つくる」、四月十九日「地鎮祭を珍らしき日蝕の最中に挙げる。小笠原等にて金環蝕にて、テレビにて見る。ちょうはり入れて屋敷らしくなる。砂足らずトラックを頼みに行く」、五月九日「国鉄より土地代を貰い、田地の代金すむ」、五月十一日「六時に建前時刻とて大工さん早くより来りて用意する。供物して、おみきを上げて、景気よく建てゝくれる。時々雨ふる。五時より祝宴にする処、雨となりて家をかたづけて初める」、六月十日「早く起きて御飯を炊き、家引来る用意する。六人来り瓦を先ず下す。（略）電工来りて電気工事し、散宿所は旧宅の取はづしする。大工は三時のお八つ、うどん食べて帰る。初めて新居に寝る」、六月十六日「家引き終了したりしため、大工二人来りて土台を入れる。家引は道具の片附けおそく迄する。一人瓦すりする」

昭和三十六年（一九六一）

四月十八日「国鉄残地補償金分配について集会ある」、六月十八日「午後三時より、宅の前地に国鉄のレール敷き片山道まで延びる」

昭和三十七年（一九六二）

九月一日「待望の赤穂線全通今日なりて始発通過は床ぬちに聞く」

短歌二首　テープ張れる祝典列車を歓迎の　学童の旗猛暑に映えて

そのかみの姿止めず古屋敷　鉄路を走る機動車すさまじ

第四章　日記に記録されている旅行先

「吉田得子日記」（前編・後編）から旅行に関する記述を拾ってみた。（地名のみ）

明治四十一年五月四日〜八日（修学旅行）

大阪（造幣局・大阪城）〜奈良（春日神社・手向山八幡・二月堂・若狭井・大仏殿・正倉院）〜京都（方広寺・三十三間堂・清水寺・八坂神社・知恩院・銀閣寺・北野天満宮・金閣寺・東本願寺）〜神戸（湊川神社・水族館）

大正五年一月二十日〜二十二日

大阪（天王寺公園・四天王寺）〜伊勢（内宮・二見が浦）〜京都（桃山・三条大橋・二條離宮・御所・金閣寺・知恩院・円山公園）

大正十五年六月四日〜九日

東京（新宿御苑・明治神宮）〜日光（東照宮・中禅寺・華厳の滝）〜東京（上野動物園・新宿御苑・新宿夜店）

昭和二年八月十九日〜二十二日

高松市・栗林公園・八栗寺・五剣山・屋島・琴平宮・善通寺

昭和十二年六月十一日〜十二日

呉海軍工廠・宮島

昭和十二年十一月六日〜九日

東京（遊覧バス都内観光・雅叙園）〜箱根〜熱海〜鎌倉

昭和十四年一月二十五日〜二十六日

玉造温泉〜出雲大社

昭和十五年三月十六日〜十七日

大阪（大阪城・文楽座・中之島公園）〜奈良（橿原神宮）〜天理

昭和十五年十月五日〜十二日

九州旅行（香椎神社・筥崎神宮・太宰府神社・阿蘇登山・水前寺公園・熊本城・島原・雲仙登山・鹿児島・照国神社・南州銅像・城山・南州洞窟・南州神社・桜島・霧島神宮・霧島温泉・宮崎・青島・鵜戸神宮・別府温泉・宇佐八幡宮・耶馬渓・青の洞門）

昭和十七年五月十八日〜二十五日

木曽路・長野・松島・塩釜・仙台・日光・成田不動・宗吾堂・国技館（相撲）・姫路

昭和二十七年五月二十四日〜三十一日（吉田堅氏宅へ）

多摩御陵・高尾山・観光バス（都内見物）・髙島屋・白木屋・三越・新宿御苑・渋谷東横百貨店・上野動物園（開園七十周年記念）・銀座

昭和二十八年十一月十一日〜十七日（吉田堅氏宅へ）

巣鴨・松坂屋・日劇（秋のおどり）・羽田空港見学・歌舞伎座（娘道成寺）

昭和三十年六月三日〜六月十二日（吉田堅氏宅へ）

三越（パイプオルガン聴く）・帝劇（シネラマ）・国会傍聴・新宿・日劇・榛名湖・伊香保温泉

昭和三十四年三月二十三日〜二十八日

琴平・松山・道後温泉・高知・室戸・徳島

昭和三十五年四月十五日〜二十四日

熱海・箱根・江の島・鎌倉・都内観光（観光バス）・宮城奉仕・明治神宮・大宮御所奉仕・東京タワー・靖国神社・浅草見物・国際劇場（春のおどり）・成田山・上野動物園

昭和三十六年五月三十日〜六月十四日

北海道（札幌・層雲峡・北見・阿寒湖・白老・登別温泉（滝本館）・洞爺湖温泉（萬世閣）・大沼湖・湯川温泉（明月

園）・函館・臥牛山）～十和田湖

昭和三十六年九月二十九日～十月四日（吉田堅氏転勤先）

福岡・市内遊覧バス・岩田屋デパート・佐世保・九十九島（観光船）・太宰府

昭和三十九年

伊勢宮～豊川稲荷～熱田の宮

昭和四十年八月三日～五日

富士山登山（五合目まで、一人で参加）

昭和四十年十月九日～十日

三朝温泉（友人と）

昭和四十一年五月（吉田堅氏勤務先）

北陸各地（金沢～山代温泉～芦原温泉、吉田堅氏・談）

第五章　宇宙への関心

日記には、宇宙に関する記述も多く、その関心と知識の豊富さがうかがえる。

明治四十三年一月二十七日「彗星を見る。生来初めなり」、一月三十日「彗星美しかりき」、五月十五日「彗星十八日許りもありて美しとて起き出でたれども、今朝は打ちくもりて見えず」。ハレー彗星が七十五年ぶりに地球に接近するという情報に世界中が恐慌をきたした。

大正二年九月十五日「月蝕皆既を見んと思ひ居りしに、どんよりと曇りたる空うらめしかりき。いねんとする頃は真のやみなりき」、大正九年十一月六日「太陽に黒点、二、三日前より見えて、直径七万哩もあるとの記事見え居て、双眼鏡に黒硝子を当てゝ見てよくわかりたり。大正六年より太陽の勢衰ろえ居たりしものが、これにて活力を増すならんとの事なり」、大正十三年五月八日「今日は水星の太陽面通過の日とて、学者の待ちうけし日なりしに雨なりし」、昭和三十年六月二十日「二十世紀最大の皆既日食ありて世界を挙げて観測準備している」、昭和三十三年四月十九日「地鎮祭を珍らしき日蝕の最中に挙げる。小笠原等にて金環蝕にて、テレビにて見る」、昭和三十六年四月十二日「ソ連、人間宇宙船をあげたるニュース報道に驚ろく。回収に感動して、テレビにも特別番組放送する。ガガーリン少佐」

同時代の日記への共感

高﨑明子

『時代を駆ける　吉田得子日記1907-1945』出版から六年がたちました。

私は『時代を駆ける…』出版直後に、記念講演で得子さんの故郷・瀬戸内市邑久町に伺った時に、生前の得子さんをよく知る方々から「戦後の日記も読み解いてほしい」と言われたことが忘れられず、島代表から日記をお借りして一人で少しずつ翻刻を始めました。それがこの度の得子日記戦後編をまとめて一冊にする第一歩になったのだと思うと本当にうれしく、万感の喜びを感じています。

若い頃の得子さんの日記は明治時代末から始まっており、時代背景が自分にとっては理解出来ないところも多かったのですが、人柄や行動には素晴らしい女性であると尊敬し魅力を感じておりました。

さて戦後の日記は自分の生きてきた時代でもあり、年齢も近づいていることもあって、とても興味深く楽しく読むことが出来ました。

日記には相変わらず一日の行動や社会的な事件などは記録されていますが、心の内はあまり書かれていません。電気商という仕事柄、電化製品の使用も早々と取り入れ、特にテレビが入るとラジオの時と同じように大勢の人を招いて見せてあげ一緒に楽しいひと時を過ごしていたようです。女性初の村会議員として、また婦人会会長として長い間活動してきましたが、次期後継者に渡して引退。その後も文化的行事や講演会などにも参加、又ハンセン氏病療養所「長島愛生園」へは度々慰問するなど幅広い活動をしていたようです。

自宅兼店舗が国鉄赤穂線の敷設工事にひっかかり移転する運びとなり、諸所の事情の対応には相当ご苦労が多かったようで、そのときの記録が別冊ノートに細かく書き残されていました。

電気店はその後、甥の瑞圃さんが開業され、お得意さんも引き継がれたようです。

昭和三十四年からの日記が欠落していると思っておりましたら、吉田堅さんが最近送ってくださった資料の中に今までとは全く異なる大学ノートに綴られた日記を発見することが出来ました。そこには堅さんが廃棄処分したという昭和四十年以後の記録もとびとびにあり欠落部分が補えたかなと思っております。

この昭和三十四年はご主人の関治さんが心筋梗塞でわずか十三時間の看病で突然亡くなられた年です。得子さんの悲しみ、悔しさはいかばかりであったでしょう。得子さんの活躍を理解し、蔭で支えてくれたご主人あっての社会参加、活動だったと思います。

この日から記述のスタイルも全く変わり、以前から勉強していた短歌を詠み、つらい思いを三十一文字に表して書かれておりました。今まで自分の感想を書くことは全くなかったのに、この日以来ご主人への深い愛情と追慕の短歌をことあるごとに詠み、書き残してありました。

晩年は堅さんを訪ねたり、旅行に出かけたり、短歌（川柳）仲間を招いての会を開いたり、テレビでスポーツを観戦したり、相変わらず好奇心いっぱいで、日々を楽しんでいた得子さんでした。

外出は徐々に少なくなったものの、農作業やキノコ狩りにはよく出かけました。バスの開通や車での送迎、電化製品の普及等により、生活が便利になり得子さんもそれを十分に享受していました。年末の感想にはいつも感謝の気持ちが綴られ、ある時には「黄金の年」いや「ダイヤモンドの年」だったとたとえて幸せを実感していた

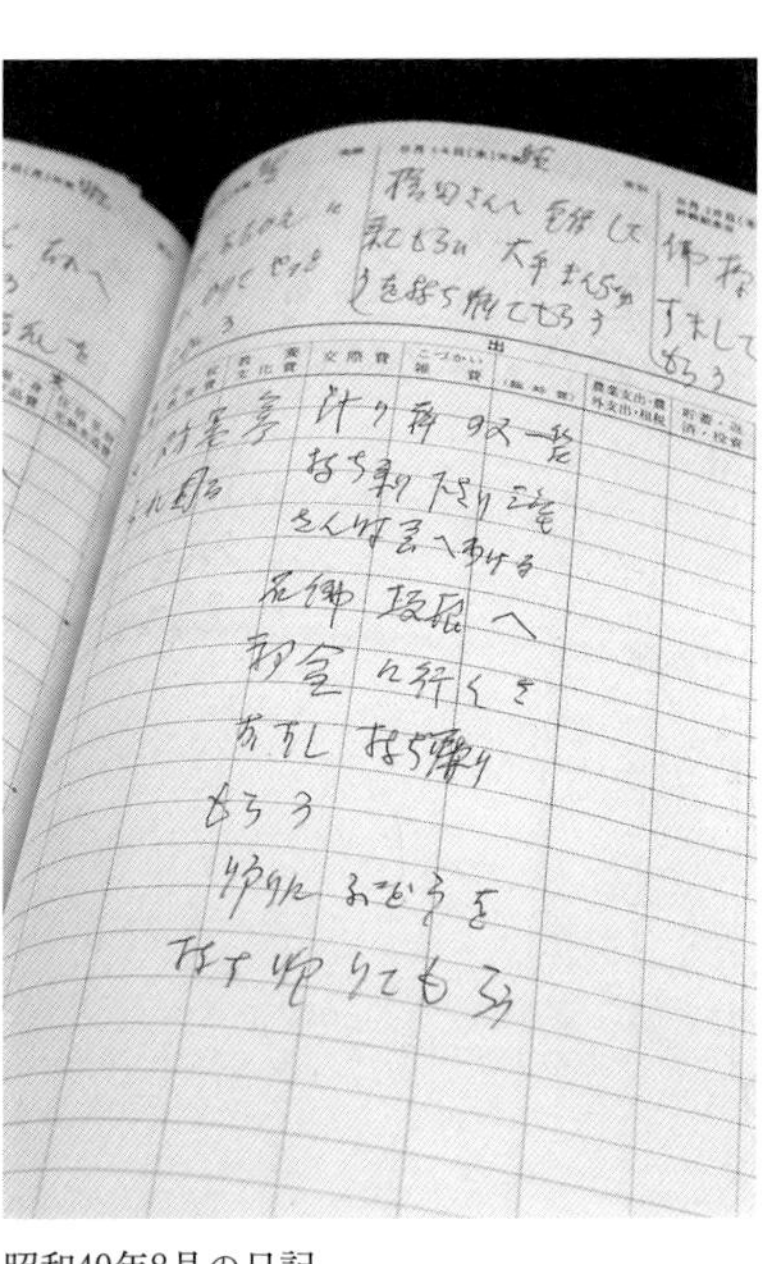

昭和49年8月の日記

ようです。

歳を重ねるごとに体力も衰え、一人暮らしがとても寂しく感じられたようです。息子さんの堅さんも度々帰省され、姪の香苗さんやアサ子さんに手助けしてもらい、最後は吉田家の親戚の方から同居して下さる方を迎え、とても安心したようです。

長い間社会の為に気を配り、近所や身内の方のお世話を良くしてきたからこそ皆さんに助けて貰え老後の安心を得られたのだと思います。

ご主人のお墓参りにも頻繁に出かけていたようですが、墓地に連れて行ってもらっても、ついに車から降りられず車中から手を合わせていた得子さん……。達筆だった筆跡がある日から突然乱れ、判読が出来なくなったり。信じられないものでした。

転んで、骨折してからすっかり体調を悪くしてしまい、堅さんへ手紙を書きその手紙が届くのを待って息を引き取ったとのことです。八十三歳、得子さんの最期でした。

そんな得子さんの一生を見送り、まるで自分が近しいお付き合いをさせて頂いたような気持ちを抱いた一代の日記でした。

参考文献

『教育時報』岡山県教育委員会、一九七六年
『農村の生活　岡山県邑久郡笠加村北沢』瀬戸内総合研究会、一九五九年
『明るい未来へ　華やかに強く　祝う創立五十周年』社団法人岡山県婦人協議会、二〇〇三年
『全地婦連　三十年のあゆみ』全国地域婦人団体連合協議会、一九八六年
『邑久町十年のあゆみ』岡山県邑久郡邑久町、一九六二年
『邑久町史　通史編』瀬戸内市、平成二〇〇九年
『激動二十年　山口県の戦後史』柳本見一、毎日新聞社、一九六五年
『三十周年記念史』千葉県連合婦人会、一九七九年
『信州の女の昭和史　戦後編』青木孝寿、信濃毎日新聞社、一九九〇年
『祖母・母・娘の時代』鹿野政直・堀場清子、岩波書店、一九八五年
『家事全集』大妻コタカ、東京女子教育社、一九五一年
『昭和家庭史年表　一九二六～一九八九』家庭総合研究会、河出書房新社、一九九〇年
『吉田得子　婦人会活動の記録　昭和27年～36年』吉田堅作成
『わかくさ　笠加婦人会情報　第五号』笠加婦人会、一九五六年
『銀色の道　傘寿からのメッセージ』吉田堅、二〇〇〇年
『いろいろ色の人生』吉田堅・美玉、二〇一〇年

あとがきにかえて

吉田　堅

平成二十四年に「吉田得子日記」出版の偉業が達成された。それは終戦の昭和二十年で終わっており、得子の知人らから「戦後の日記も読み解いてほしい」という希望の声が出ていた。しかし戦後の日記は記述も少なく、晩年の家計簿日記を私が廃棄したりして不揃いだった。それを「女性の日記から学ぶ会」の吉田得子日記班の皆さんは翻刻を続けられ、欠けたところは他の資料を拾って埋めるなどして、見事に出版にまでこぎつけてくださった。特に班員の高﨑明子さんは五年も一人で翻刻を受け持たれたと聞く。感謝の気持ちで一杯である。

思い返すと、父関治と得子は終戦直後の混乱期をラジオから電気製品全般の販売拡大で乗り切った。昭和三十年ごろから家庭電化の三種の神器といわれた洗濯機、冷蔵庫、テレビが出現し、商売の最盛期が続いた。得子は家事全般に加えて商売も手伝うので忙しい毎日であったが、その間、婦人会活動に加えて、女性議員第一号として社会活動に力を注いだことは、島利栄子代表の解説に詳述されている。

一人息子の私は、終戦前から日銀岡山支店に勤務していた。昭和二十六年に本店に転勤する話が出たとき、両親とも反対はしなかったし、ラジオ商の跡を継ぐ話も出なかった。

昭和三十四年に父関治が亡くなった。店が国鉄赤穂線敷設の敷地にかかり移転引っ越しの疲れが響いたように思う。そのころ商売の主体は、弟の正富秋豊に移行中だったことでもあり、大阪支店勤務中の私は、ひとりになった母得子に同居を提案したが、地元を離れる気持ちは全くなかった。しばらくして縁戚の時岡一家が同居に近い形で一緒に暮らしてくれることになったのは、お互いにとても幸いだった。

その後私たちは、福岡、前橋、金沢、本店、大阪と二、三年おきに転勤をくり返した。得子はそれぞれの勤務先に一週間くらい泊まりがけで旅行にやってきて、孫たちとの交流や各地の名所巡りを楽しんだ。皇居等の清掃奉仕に何度か出掛けたのも旅行好きからだったと思う。その間に自宅が県道の拡幅にかかり、昭和四十四年に建物の半分が再度の移転を余儀なくされた。かなりの苦労だったと思うが、弱音を聞いたことがなかった。

晩年の日常は、プロ野球や高校野球のテレビ、ラジオ放送を楽しんだり、川柳の会にも熱心に参加するなど、忙しく過ごす日々も日記を書くことを忘れていない。亡くなる半年前の昭和四十九年五月に、私が孫と初の曾孫を連れて得子に会いに行ったとき、大変な喜びようだった。その年の十一月はじめには三年をこえた私の大阪単身勤務が本店勤務にもどり、同時期にもう一人の孫の結婚が実現した。得子はこれで気になっていたことがすべて実を結んだことで、思い残す事なく十一月二十四日に旅立った。

得子の戦後は、自分の好きな道を生き切ったと思われる。その日記が出版されることになり、息子としてこれほどありがたく幸せなことはない。この出版にご尽力くださった島代表、西村榮雄さん、高﨑明子さんに重ねてお礼を申し上げたい。また、今回も編集から出版まで精力的に実行してくださった「みずのわ出版」の柳原一徳社長をはじめ、出版にご協力くださった会員の皆さんにも重ねて感謝の意を表して、あとがきにかえることにしたい。

執筆者一覧

執筆・翻刻・校正

島利栄子――しま・りえこ

一九四四年長野県に生まれる。信州大学文理学部卒業。日本ペンクラブ会員。著書に『周防の女たち　嫁・姑のたかい』（マツノ書店）、『山国からやってきた海苔商人』（郷土出版社）、『日記拝見！』（博文館新社）『戦時下の母』（展望社）、『母の早春譜』（一草舎）、『親なき家の片づけ日記　信州坂北にて』（みずのわ出版）など多数。二〇一七年、第五回水木三十五堂賞を受賞。

西村榮雄――にしむら・よしお

一九三〇年東京に生まれる。郵政省勤務後、福祉事業に従事。老人ホーム施設長を経て現在社会福祉法人監事。著作に『学徒勤労動員日記―1945年』（朝日新聞出版サービス）、『堀江芳介壬午軍乱日記』（みずのわ出版）など。

高﨑明子――たかさき・あきこ

一九四二年千葉県に生まれる。ガールスカウト活動に参加し、少女たちの社会教育に四十年携わっている。「女性の日記から学ぶ会」前会計。

日記および写真提供

吉田堅

写真撮影

柳原一徳

日記および写真資料スキャニング・画像調整

株式会社山田写真製版所金沢支店

校正協力

吉田堅

編者
女性の日記から学ぶ会
一九九六年創立。「現存する女性の日記をはじめとする庶民の資料の調査・収集・保存・活用を通して、人々の暮らし・文化・意識のありようなどを探り、次代に譲り渡していく」をテーマに日記研究、日記展、会報発行などの活動を展開している。現在全国で会員二百三十人。提供された日記四千冊。二〇〇一年にシャルレ女性奨励賞を受賞。二〇〇九年『手紙が語る戦争』、二〇一二年『時代を駆ける　吉田得子日記1907-1945』（いずれも、みずのわ出版）を出版。代表・島利栄子。活動地は千葉県八千代市。

時代を駆けるII　吉田得子日記戦後編1946-1974

二〇一八年七月一日　初版第一刷発行

編者　女性の日記から学ぶ会
編集責任　島利栄子　西村榮雄
発行者　柳原一徳
発行所　みずのわ出版
山口県大島郡周防大島町
西安下庄、庄北二八四五
庄区民館二軒上ル　〒七四二—二八〇六
電話　〇八二〇—七七—一七三九（F兼）
E-mail mizunowa@osk2.3web.ne.jp
URL http://www.mizunowa.com

印刷　株式会社 山田写真製版所
製本　株式会社 渋谷文泉閣
装幀　林 哲夫
プリンティングディレクション　黒田典孝
（㈱山田写真製版所）

ISBN978-4-86426-036-7 C3036